초차원게임 넵튠 하이스쿨

오카즈

길찾기

■ 등장인물

네프기어

이스투아르 기념학원이 운영하는
분교에 입학한 넵튠의 여동생.
언니와는 달리 진지하고 견실한 우등생.

유니

이스투아르 기념학원이 운영하는
분교에 다니는 느와르의 여동생.
완벽한 언니에 대한 컴플렉스가 있는
솔직하지 못한 노력가.

롬

이스투아르 기념학원이 운영하는
분교에 다니는 블랑의 여동생.
양면성이 있는 언니의 성격 중
내향적인 부분을 닮았다. 람과는 쌍둥이.

람

이스투아르 기념학원이 운영하는
분교에 다니는 블랑의 여동생.
양면성이 있는 언니의 성격 중
외향적인 부분을 닮았다. 롬과는 쌍둥이.

넵튠

이스투아르 기념학원 고등부 1학년.
여신 후보 양성과 소속.
게임을 좋아하는 밝고 건강한 아이.
이 작품의 주인공.

느와르

이스투아르 기념학원 고등부 1학년.
여신 후보 양성과 소속.
성실하고 진지한 성격의 우등생.

벨

이스투아르 기념학원 고등부 2학년.
여신 후보 양성과 소속.
온화한 성격으로 고귀한 분위기를 풍기는
학원의 인기인.

블랑

이스투아르 기념학원 고등부 2학년.
여신 후보 양성과 소속.
보통은 말수가 적고 무뚝뚝하지만
가끔씩 폭발한다.

컴파

이스투아르 기념학원 고등부 1학년.
간호학과 소속.
마이페이스지만 진지한 면도 있다.
곤궁한 사람을 지나치지 못한다.

아이에프

이스투아르 기념학원 고등부 1학년.
에이전트 양성과 소속.
시원스러운 성격.
학원 내의 정보에 밝다.

▽
▽
▽
▽
▽

[Push Start!]

▽
▽
▽

Now Loading……

▽
▽
▽

데이터 읽기가 완료되었습니다

▽
▽
▽
▽
▽
▽

「넵튠 하이스쿨」을 이어서 계속합니다

CONTENTS

표지 일러스트 츠나코 본문 일러스트 우리모 표지 디자인 오쿠보
한국어판 번역 채터인 편집 정성학 한글 타이틀 박재성 마케팅 이승우 주간 박관형

이것이 앞권까지의 「초차원게임 넵튠 하이스쿨」이다!!

후우-. 하. ……좋았어!

여, 여러분들 안녕하세요! 모두의 아이돌 넵튠…… 의 동생인 네프기어입니다! 으음, 으으음……. 어, 언니… 컨닝페이퍼 좀 보여줘. ……아, 그렇지. 처음 읽는 사람들은 잘 부탁드려요! 처음이 아닌 분들은 오래간만이네요.

이, 이번에는 언니 대신 제가 지난 권의 요약을…… 응? 언니, 뭐라고?

이번 권은 짧으니까 빨리감기로 부탁한다고? 아아, 빨리 말하라는 이야기구나. 갑자기 그렇게 말해도 나도 긴장돼서……. 아! 잠깐만! 그렇게 넘기면 어떻게 해! 응? 영상 들어간다고?

"……이 뒤의 일은 너에게 맡길게. 네프기어."

"언니! 언니!!"

아, 이게 영상이구나…….

이렇게 해서 저희들 자매가 살고 있던 천계에서 일어난 싸움 중 행방불명이 된 언니를 찾기 위해 저는 천계에서 지상으로 내려왔습니다.

그런데 뭔가 잘못됐는지, 저는 대륙 본토에서 어~~엄청 떨어진 남쪽 바다의 오오토리이 섬이라는 곳에 떨어져 버렸어요!

게다가 저는 바다에도 빠지게 됐고요. 우우… 앞날이 깜깜하네요.

"어, 어라라? 여긴 어디지. ……낯선 천장이 보이는데."
"그래, 나는 유니. 네 생명의 은인이야. 고마워하라고."

와아, 편집이 굉장히 잘 됐네…… 아, 이럴 때가 아니지.

그런 절 도와 준 사람은 섬에 있는 유일한 학교, '이스투아르 기념학원 오오토리이 섬 분교'에 다니고 있던 여자아이, 유니였습니다.

도움을 받은 건 좋았지만, 천계에 있는 잇승씨와는 연락이 되지 않아서…….

저는 유니짱 외에도 귀여운 쌍둥이인 롬과 람, 다정한 니시자와 미나 선생, 힘세고 강한 로봇형 생명체 브레이브 선생의 도움을 받으며 본토로 건너가는 페리가 섬에 올 때까지 분교의 특별 전입생이 되어 태어나서 처음으로 학교에 다니게 됐습니다.

하지만 그때 저는 제가 어디서 왔고, 누구인지 밝히지 않았어요. 모두들 친절하게 대해 주면 대해 줄수록 저는 숨기고 있는 사실이 있다는 게 괴로왔어요…….

"아, 이거다. '일 년 후배로 엄청난 신입생이 들어왔어. 이름은 넵튠이라고 해' ……응?"

"람짱! 지금 그거 다시!"

"이름은 넵튠이라고 해. ……아, 이거야 롬짱! 언니의 교환일기에 적혀 있었어!"

사실을 털어놓지 못한 채 어느 정도 시간이 흘렀을 때, 언니가 본토에 있는 이스투아르 기념학원 본교에 있다는 걸 알게 됐어요.

하지만 언니와 만나기 위해서는 숨겨 왔던 제 정체를 밝혀야 해서……. 지금까지 아무 말도 하지 않아 미안했던 저는 학교를 뛰쳐나갔어요.

"……아무도 너를 거짓말쟁이라고 생각하지 않아. 아니, 네가 거짓말을 하고도 태연하게 있을 정도로 요령 있는 아이가 아니라는 건 금방 알 수 있어."

"유니짱…… 유니짱……."

"하지만 이제 괜찮아. 이제부터는 내가 같이 있어 줄게. 그

9

러니까 이제는 울지 마."

　저는 모두에게 미움받을 각오를 했지만…… 유니짱을 포함해 모두들 저를 용서해 주었어요. 그뿐만이 아니라 본토의 학교까지 같이 가 줬고요.

　"겨우 찾았다……. 언니!"
　"내가 네 언니라고? 다른 사람이랑 착각한 건…… 아니고?"

　그리고 드디어, 언니와의 감동적인 재회……. 였지만 또 다른 문제가 생겼죠.
　언니가 지상으로 떨어질 때의 쇼크로 기억상실증에 걸린 거예요! 이럴 수가, 겨우 만났는데.
　솔직히 많이 힘들고 혼란스러웠어요. 하지만 괴로운 건 언니도 마찬가지였어요…….

　"나……. 나, 어째서 기억하지 못하는 걸까? 이렇게 나를 좋아하고 나를 생각해 주는 네프기어를 왜 기억하지 못할까……."
　"언니!"

…… 우우, 이 장면은 몇 번을 봐도……. 응? 벌써 영상 끝난 거야?

우와아아!

어, 어흠. 제, 제 기억을 잊어버린 언니도 괴로워하고 있었어요.

어떻게든 기억을 되찾으려고 나도 모르는 곳에서 필사적으로 노력하고 있었어요.

"……다음 휴일에 네푸네푸와 기어짱에게 추억이 있는 장소를 모두 함께 돌아다녀서 기어짱에게 이런저런 이야기를 듣는다면 네푸네푸도 뭔가 기억나는 게 있지 않을까요? 어때요? 이 아이디어."

"그거야, 컴파! 좋은 이야기입니다! 나는 그런 걸 기다리고 있었다고!"

그러던 어느 날. 본토에 왔을 때부터 쭈욱 우리들을 돌봐줬던 컴파씨의 아이디어로 언니와 제가 예전에 몰래 지상에 내려왔을 때의 추억이 어린 장소를 돌아보는 버스 여행을 하게 되었어요.

유니짱, 롬짱, 람짱과 모두 함께 같이 즐거운 시간을 보내던 중에…….

"찾아본 건 아니지만, 예전에 네프기어랑 같이 먹었을 때 너무 맛있어서 깜짝 놀랐거든."

"왜, 왜라니, 넵튠. 너 지금 네가 무슨 말을 하는지 모르겠어?"

"응? 그거야 전에도 네프기어랑 맛있게 먹었으니까……"

"거기서 잠깐! 잠깐! 지금 말한 거 다시 한 번!"

잠깐 들리게 된 푸드코트의 타코야키집에서 드디어 언니 기억의 단편이 돌아왔어요! 조금만 더! 분명히 조금만 있으면 기억이 전부 돌아올 거예요!

하지만 그때, 생각지도 못한 사태가!

전부터 언니 일행에게 나쁜 짓을 했던 악덕 건설회사 매직 컴퍼니가 대륙에서 제일 큰 전파탑인 플라네 타워를 점거하는 사건이 일어났어요.

매직 일당은 플라네 타워에서 대륙 전체로 세뇌 전파를 발신해서 모든 사람들이 자기 말을 듣게 하려고 꾸미고 있었던 거예요. 절대로 용서 못해요!

"유니, 정신 차려!"

"언니……. 미, 미안해"

"이…… 이렇게 귀여운 어린 여자아이 플러스 알파가 눈에 들어오니 참지 못하고 그만! 이건 불가항력!"

"시, 싫어! 변태!"

"……흑…… 그만해."

"이 자식이! 넘으면 안 되는 선을 넘으려 하다니!"

하지만 매직 컴퍼니 녀석들은 비겁하게도 우리들에게는 비밀로 타워에 들어갔던 유니 일행을 인질로 삼아 '게임'이라는 명목의 일방적인 결투를 신청했어요.

결투라고는 하지만 유니 일행이 인질로 잡힌 이상, 우리들은 제대로 싸울 수 없었어요.

모두들 차례차례 쓰러지고, 급기야 언니까지…….

그런 절체절명의 위기에서 우리들을 구해 준 사람은 브레이브 선생과 컴파씨, 그리고 아이에프씨였어요.

언니도 매직의 공격을 받은 충격 때문인지 아니면 행방불명이 되었을 때처럼 높은 곳에서 떨어져서 그런지……. 으음, 아니야. 나를 생각하는 마음이 기적을 일으켜 기억이 돌아왔어요!

"지금은 네프기어 너밖에 없어. 부탁이야. 나에게 힘을 빌려 줘."

"같이 이 검에 힘을 불어넣으면 돼. 그렇게 하면 돼. 그 후에는 검이 사악한 정신을 정화시켜 줄 거야."

기억을 되찾은 언니와 저 둘이 협력해서 드디어 매직을 쓰러뜨렸다……. 라고 해야 할지, 매직 일행에게 씌어 있던 또 다른 세계의 악당을 정화할 수 있었어요.

"미안, 미안해. 많이 걱정했지?"

"언니……."

"나를 찾으러 내려와 줘서 고마워. 이제 네프기어를 외톨이로 만들지 않을게. 약속할게!"

"……언니!"

이렇게, 이번에야말로 진정한 의미로, 저와 언니는 다시 만날 수 있었습니다. 하지만 그건…….

"그럼, 가자."

"짧은 시간이었지만, 고마웠습니다!"

우리들 자매에게는 시작에 불과해요.

우리들은 지상에서 천계로 돌아가서 해야 할 일이 있으니까요.

…… 이걸로 괜찮을까, 언니? OK? 완벽하다고? 아─ 다행

이다.

굉장하네, 언니. 매번 이런 걸 하는 거야? 나는 이번에 해본 것으로 충분해. 긴장해서 그런지 땀을 엄청 흘렸다고. 다음부터는 언니에게 넘기고⋯⋯? 응? 뭐? 아직 끝난 게 아니야?

이, 이걸 보라고? ⋯⋯으음.

⋯⋯.

'SIDE-GEAR'? GEAR는 네프기어의 '기어'라고? 그러니까 이번에는 처음부터 끝까지 네프기어가 진행해 주세요? ⋯⋯뭐어어어~~? 그런 거 못한다고! 그 전에도 내 회상 파트, 엄청 길었잖아!

네, 네프기어는 할 수 있다고? 힘내라 힘내! ⋯⋯그런 것까지 컨닝페이퍼에 쓰지 않아도 된다고⋯⋯. 아니 그것보다!

지, 진짜야 언니!?

'초차원게임 넵튠 하이스쿨4 SIDE-GEAR' 시작합니다~? 거기다가 이제 컨닝페이퍼는 없다고?

⋯⋯.

기다려 줘! 기다리라고 언니! 언니이이이!!

PROLOGUE

"짧은 시간이었지만, 고마웠습니다!"

아무도 없는 기숙사의 방을 향해 꾸벅 고개를 숙인 후

"그럼, 가자."

언니는 내 허리를 툭툭 치며 말했다.

"방금 전에도 말했지만, 정말, 정말로 괜찮아, 언니?"

이렇게 물어보면 겨우 마음의 정리가 된 언니를 곤란하게 할지도 모른다는 생각이 들었지만, 물어볼 수밖에 없었다.

"으음. 지금 가지 않으면 기말고사거든. 그러니까 타이밍으로 봐서는 지금이 좋은데."

머리 뒤쪽으로 손을 깍지 끼고 허리를 비비 꼬면서 언니가 농담처럼 말했다. 등에 지고 있는 커다란 검이 쨍그랑 소리를 내며 울린다.

힘겹게 농담하는 그 모습이 나를 안타깝게 했다.

"네프기어야말로 괜찮아? 변신해서 가면 섬에 들를 시간은 있는데?"

그런 나를 신경 쓰는 듯, 언니가 물어봤다.

"나는 제대로 작별 인사는 한 것 같으니까."

"한 것 같다니……."

내 애매모호한 대답에 언니는 눈썹을 찌푸렸다.

언니가 기억을 되찾고 매직을…… 아니 매직에게 씌여 있던 다른 세계의 나쁜 매직을 정화했으니 이제는 매직씨라고 불러야 하나?

그 매직씨를 원래대로 되돌리고 난 뒤 일주일이 지났다.

오오토리이 섬에서 온 유니짱과 롬짱, 람짱은 언니들과 즐거운 시간을 보낸 뒤, 이틀 전 브레이브 선생과 같이 섬으로 돌아갔다.

"그럼 다시 올게!"

"…안녕, 네프기어짱"

"여러 가지 일이 있었지만, 즐거웠어. 다음에 다시 만나자."

어쩌면 이게 마지막일지 모른다고 말할 수 없어서 나도

"응, 또 만나자!"

라고 웃으며 작별 인사를 했다. 그러니까…… 그러니까 나는 괜찮아.

하지만 언니는…….

한동안 나와 언니는 얼굴을 마주했다. 그리고,

"아아, 안 돼, 안 돼. 어두운 분위기는 그만!"

얼굴 앞으로 손을 내저으며 언니가 말했다.

"네프기어, 못 오는 것도 아니잖아? 심각하게 생각하지 말자. 잠시 동안 저쪽으로 돌아가서 잇승에게 우리의 건강한 얼굴을 보여 주자고."

"잇승씨에게?"

"그래, 잇승. 분명히 혼자서 쓸쓸할 거야. 나랑 네프기어 둘다 건강하다는 걸 보여 줘서 안심시키고, 셋이 파바박~ 전부 정리한 다음에 다시 지상에 오면 되잖아? 그렇지? 그렇지?"

파바박 전부 정리한다……. 언니는 밝은 얼굴로 그렇게 말했지만, 천계로 돌아갈 우리들을 기다리고 있는 사태는 그렇게 간단한 게 아니다.

그건 언니도 알겠지. 하지만 그걸 알기 때문에 언니도 단둘이서 돌아가자고 결심한 거겠지.

우리들의 소중한 친구를 휘말리게 할 수는 없으니까.

"그래! 파바박~ 정리하자! 부족했던 물건도 얻었고."

"그래그래, 분명히 잇승도 놀랄 거야."

"응, 기말고사까지는 돌아올 수 있게 힘내자고!"

"……아, 아니. 그건 좀……."

나와 언니는 서로를 격려하며 플라네튠 기숙사를 나와 학교 정문을 향해 걷는다.

길을 걷는 도중.

"아, 네푸네푸. 옆의 아이가 소문의 동생?"

"자매끼리 어디 가는 거야? 쇼핑?"

반 친구인가? 반대쪽에서 걷던 언니의 친구인 듯한 여자아이 두 명이 말을 걸어 왔다.

"음, 그게 좀. 바로 돌아올 거야."

스쳐 지나갈 때 그 둘에게 손을 흔들며 언니가 말했다.

"그럼 내일 보자."

"차 조심하고."

"응"

그 후에도 정문으로 가는 동안 여러 사람들이 언니에게 말을 걸어 왔다.

남자아이도, 여자아이도, 선생들도, 학원에 살고 있는 고양이들도…… . 모두들 언니를 보고 즐거운 표정을 지었다.

언니, 인기 있구나.

자랑스러운 마음과 더불어 질투심도 약간 느껴지는 복잡한 감정이…… . 나는 몇 번이고 입 밖에 내어 말하고 싶은 마음을 억눌렀다.

나와 언니는 생글생글 웃는 얼굴로 넓은 학원 부지를 천천히 걸으며 15분인가? 20분 정도 걸려서 정문에 도착했다.

그러자,

"아…… ."

언니가 발걸음을 멈췄다.

정문 앞에는 정장 차림으로 팔짱을 낀 여자가 있었다.

저 사람은…… .

언니의 웃는 얼굴이 처음으로 곤란한 표정으로 변했다.

"으아아. 하필이면…… "

이마에 손을 대고 언니가 말하자 그 목소리를 들은 정장 차림의 여자…… 학원장인 마제콘느 선생이 또각또각 하이힐 소리를 내면서 우리들에게 다가온다.

"아, 안녕하세요. 마제콘느 선생. 저기…… 오늘은 날씨도 좋네요."

억지로 미소를 지으며 이야기하지만,

"……."

마제콘느 선생은 심각한 얼굴로 우리들을 보더니,

"얘기할 게 있어. 둘 다 잠깐 학원장실로 와 줘."

거절하기 힘든 분위기를 풍기며, 진지한 목소리로 말한다.

"저기, 사실은요. 저희들 중요한 용무가 있어서……. 그렇지? 언니."

하지만 나는 억지로 미소를 지으며 대답했다.

"으, 응! 그렇지! 저~엉말 중요한 용무에요."

언니가 내 말에 맞춰 몇 번이고 고개를 끄덕인다.

"그렇겠지. 세계의 운명이 걸린 싸움이니까."

마제콘느 선생이 모든 걸 알고 있다는 듯이 말하자 나와 언니는 아무 말도 할 수 없었다.

"가 버릴 거라면 둘 다 변신해서 아무도 보지 못하게 날아가면 되잖아……. 그렇게 이곳의 풍경을 기억하려는 듯이 걸어가니까 그렇지. 바보 같은 애들이네."

그런 우리들에게 마제콘느 선생은 말했다.

바보 같다고 말한 것 치고는 다정한 눈빛이라는 걸 알 수 있었다.

"아, 아뇨. 무슨 말이신지 잘 모르겠네요."

어떻게든 얼버무리기 위해 언니가 다시 말을 꺼냈다. 하지만 이제는 한계랄까…….

"이제 됐으니까 따라와. 나쁜 짓은 하지 않을 테니까 그렇게 걱정하지 않아도 돼."

응, 안 되겠네.

이건 그거야. 아무리 '아니오'라는 선택지를 골라도 '아니죠, 그런 말 하지 마시고'라고 무한 루프에 빠지는 장면.

'네' 라고 말하지 않는 한 절대로 더 이상 진행되지 않을 것 같은……

"가자고. 둘 다 우향우!"

"네."

"네."

우리는 포기하고 고개를 끄덕였다.

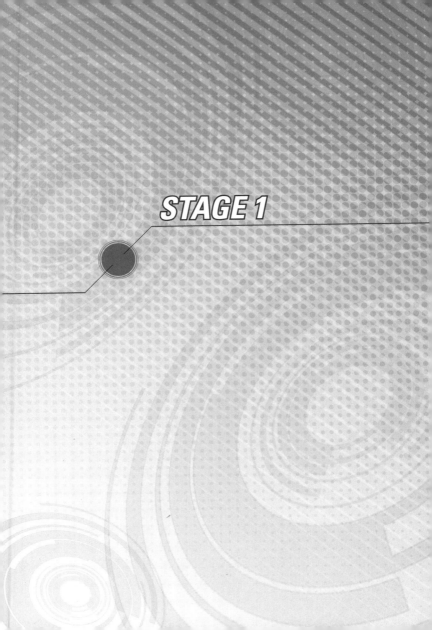

STAGE 1

1

"네푸네푸, 기어짱도, 떼찌에요. 떼찌."

학장실에서 우리들을 기다리고 있는 사람은 보기 드물게 뾰로통한 얼굴로 화내고 있는 컴파씨였다.

"아, 아니 컴파. 이건 말이지 바다보다 깊~고, 도킹 하드웨어보다 높~은 사정이 있어서……."

언니가 횡설수설 변명을 늘어놓자,

"쓸데없는 얘기 하지 말고 사과하는 게 좋아."

컴파씨 옆에서 팔짱을 끼고 있던 아이에프씨가 언니의 말을 막으며 말했다.

그 외에도,

"섭섭하다는 말로 넘어갈 일이 아니라고요. 네푸네푸도, 네프기어짱도."

벨씨가 그렇게 말하고는,

"……아무 말 없이 사라지려고 하는 그 생각이 마음에 안 들어."

블랑씨가 비난하는 듯한 눈빛으로 우리들을 보고,

"네프기어는 어찌됐건, 그렇게 남을 배려하는 건 넵튠답지 않네. 네가 쓸데없는 걸 생각하면 옆에서 물벼락 맞는 건 우리니까……. 처음부터 솔직하게 상담하면 좀 좋아?"

마지막에 느와르씨가 기세 좋게 이야기한다.

언니도 분위기에 압도되어,

"어, 어, 어떻게 하지. 네프기어? 모두들 어~엄청 화내고 있어."

내 양팔을 붙잡고 안절부절못한다.

하지만 나도 몸이 굳어 버려 모여 있는 사람들의 얼굴을 그저 바라보기만 할 뿐……

모두들 우리들보다 먼저 마제콘느 선생이 불러서 계속 여기에 기다리고 있었다고 한다.

분위기로 봐서는 우리들이 모두에게 비밀로 하고 천계로 돌아가려 했던 게 들통난 모양이다.

"그럼 네푸네푸, 기어짱. 모두에게 사과해야죠."

뾰로통한 뺨을 붉히면서 컴파씨가 그렇게 말했다.

다른 사람들도 컴파씨의 말에 '그래그래' 하며 고개를 끄덕인다.

"이런……. 어쩔 수 없네. 아무래도 우리들이 잘못한 것 같아. 사과하자, 언니."

"그, 그렇지. 언제나 상냥한 컴파가 이렇게까지 우리에게 사과하라고 하다니, 보통 일이 아니네……."

세 턴이 지나면 파티가 전멸하는 특수 공격이 기다리고 있습니다……. 라는 분위기에 말려 결국 우리들은

"아무 말 하지 않고 천계로 올라가려고 했어요. 죄송해요."

"악의는 없었다고! 진짜야. 너희들에게 폐를 끼치고 싶지 않아서 그랬어. 미안해!"

둘이 한 목소리로 모두에게 사과했다.

그러자 컴파씨가 문 앞에 서있던 우리에게 다가와.

"응, 제대로 사과했네요. 둘 다 착한 아이, 착한 아이에요."

방금 전까지의 무서운 얼굴이 거짓말이라는 듯, 우리들을 다정하게 끌어안았다.

"그럼, 앞으로도 모두 힘을 합쳐 나가요."

컴파씨가 손을 놓으며 그렇게 말했다.

"힘을 합치다니…… 컴파, 우리들이 어째서 돌아가려고 하는지 알고서 말하는 거야?"

여느 때와는 달리 심각한 표정으로 언니가 그렇게 말하자.

"마제콘느 선생이 대략적인 사정은 알려 줬어요."

컴파씨가 고개를 끄덕인다.

"자세한 이야기는 이제부터 하려는 것 같지만. 그렇게 됐어. 두 사람 다 생각해 보고 내린 결론이겠지만 우리들도 할 말은 많아. ……서로 불평하지 말자고."

아이에프씨가 컴파씨의 뒤를 잇듯이 그렇게 말했다.

"죄송합니다, 마제콘느 선생. 저희들 이야기는 다 끝났으니까 이제 괜찮아요."

그 모습을 보고 있던 느와르씨가 우리들을 데려온 뒤로는 아무 말도 하지 않고 자기 자리에서 노트북을 조작하고 있던 마제콘느 선생을 돌아보며 말했다.

　마제콘느 선생은 노트북을 닫고 고개를 들었다.

　"정말이지, 손이 많이 가는 아이들이라니까. 뭐, 괜찮아. 그럼 이제부터 본론으로 들어갈까."

‖

　마제콘느 선생이 말했던 '본론'은 굉장히 간단했다.

　"지금 아무도 모르게 다가오고 있는 세계의 위기를 구하기 위해 너희들의 힘이 필요해."

　노트북을 커다란 책상 서랍에 넣은 뒤 책상 위로 손을 깍지 낀 마제콘느 선생이 그렇게 말했다.

　마치 '새로 출시된 게임을 예약했으니 가게에 가서 사 와' 정도의 느낌이다.

　"그 이야기는 어제도 들었어요. 네푸네푸와 네프기어짱 둘이서만 해결하려 하는 것 같으니 힘을 빌려 달라고……"

　"그건 상관없지만, 구체적으로 어떤 일을 해야 하는지 알려 줄 수 있으신가요?"

　벨씨와 느와르씨가 이야기한다.

　이미 마제콘느 선생의 부탁을 받아들인다는 걸 전제로 하고 있어서, 나도 언니도 눈을 깜박이며 듣고 있을 수밖에 없었다. 마제콘느 선생이 우리들을 바라봤다.

"그건 당사자에게 물어보는 게 제일 빠르겠지. 넵튠."

"네? 저요?"

화제의 당사자가 된 언니가 자신을 가리키며 되묻는다.

"그래. 천계에 지금 무슨 일이 일어나고 있고, 그게 지상에 어떤 영향을 주고 있는지 알려 줘."

마제콘느 선생이 고개를 끄덕이자 모두의 시선이 언니에게 향했다.

"그, 그래? 그럼."

언니가 입을 열었다. ……하지만, 괜찮을까? 불안하다.

"이야기하자면 길어. 우선은 말야, 어느 날 있지, 나와 네프기어가 천계 순찰을 하고 있을 때……. 아, 천계라고 해도 그렇게 넓지는 않거든. 그러니까 빨리 해치우고 지상의 텔레비전 방송이라도 보려고 했지만……."

그리고 나의 불안은 현실로 변했다.

어, 언니? 텔레비전 이야기는 안 해도 된다고. 언니? 듣고 있어?

"그런데, 정말 깜짝 놀랐는데 말이지, 뭐랄까……. 까맣고 둥글고 데굴거리고 번쩍이고 눈이 달려 있고 스륵스륵 손인지 발인지 모르게 달려 있는 녀석이 두구두구두구두구두! 하나쯤 '쿵'이 섞여도 모를 것 같은 느낌으로 나와서 나랑 네프기어는 어엄~청 당황했어."

아아……. 아아아, 언니…….

그건 아닌 것 같다는 생각에 내가 대신 이야기하려던 그때,

삐빅- 하고 어디선가 들려오는 호루라기 소리가 언니의 설명(이라기도 뭐하지만)을 멈추게 했다.

응? 소리가 나는 곳을 보니 호루라기를 입에 문 블랑씨가 레드카드를 머리 위에 들고 있었다.

"설명이 너무 서투르잖아. 명백한 지연 행위는 레드카드로 퇴장이야."

"브, 블랑. 그건 어디서 났어?"

"오늘 5교시 체육 시간에 축구를 하고 바로 왔거든. 나는 심판."

아이에프의 딴지도 흘려 넘기면서 블랑씨가 마제콘느 선생을 보며 말했다.

"마제콘느 선생의 인선 미스라고 생각합니다."

"그런 것 같군. 나도 참……"

마제콘느 선생은 손가락을 이마에 대고, 얼굴을 찌푸렸다. 음, 이건 어쩔 수 없으려나…….

하지만 언니는 수습이 안 되는지,

"자~암깐만! 기다려! 여기서부터 흥미진진하다고! 처음 보는 게임 동영상인데 스타트 버튼을 눌러 스킵하다니 너무하지 않아?"

열심히 하던 중에 방해를 받아 불만인 것 같다. 언니는 블

랑씨의 레드카드를 무시하고 계속 이야기를 하려 했지만,

"이제 됐어. 넵튠에게 맡기면 날이 다 샌다니까."

"게임 동영상은 나중에 옵션에서도 볼 수 있어요."

느와르씨와 벨씨의 손에 끌려 퇴장 처분 당했다.

"기다리라고! 지난 화 예고처럼 컨닝페이퍼와 VTR을 쓸 수 있다면 이런 일은……."

"무슨 소릴 하는 거야. 됐으니까. 여기 얌전히 있으라고. ……그럼, 미안하지만 네프기어, 다시 설명해 줄래? 빨리감기로."

다시 끼어들려고 하는 언니를 막으며 아이에프씨가 나를 바라본다.

"아, 네."

미안하다는 표정으로 언니를 바라본 뒤에, 내가 다시 설명을 하려던 때였다.

——삐리리리릭♪

이번에는 호루라기가 아니라, 휴대폰 소리가 학장실에 울려 퍼진다.

"……나야. 무슨 일이야?"

마제콘느 선생의 휴대폰이었다.

"……그래? 알았어."

내가 말할 기회를 놓치고 보고 있는 동안 '잠깐만 기다려'라는 손동작을 취하며 마제콘느 선생은 통화를 계속했다.

이윽고,

"알았어, 바로 갈게. 그때까지 준비해 줘."

수화기 너머에 있는 상대방에게 뭔가를 부탁하고, 전화를 끊었다.

"저기……. 이제 이야기해도 되나요?"

이걸로 OK사인을 받을 거라고 생각했지만,

"아니, 괜찮아."

마제콘느 선생은 예상 외로 고개를 저었다. 나뿐만이 아니라 다른 사람들도 '어?'라는 얼굴로 마제콘느 선생을 보자,

"더 적합한 사람이 있어. 미안하지만 다시 움직이자. 모두들 따라와."

한순간, 정말 한순간 즐거운 듯이 웃음을 지으며 마제콘느 선생이 말했다.

III

더 적합한 사람이 있어. ……라고 말하며 마제콘느 선생이 데려간 곳은 학원 부지 내에 있는 숲이었다.

"학원에 이런 곳이 있었구나. 몰랐네."

내 옆을 걷고 있는 언니에게 그렇게 이야기하자, 언니는

"아, 그렇지. 네프기어는 아직 와 본 적이 없구나."

라고 손뼉을 치며 말했다.

아무래도 언니는 지금부터 가는 곳이 어딘지 짐작이 가는 모양이다.

그럼 혹시 다른 사람들도? 주변 사람들에게 물어보니.

"기어짱이 왔을 때는 정신이 없었으니까."

라고 컴파씨가 이야기한다.

"안내해 주려고 했는데 타이밍을 놓쳐 버렸네. 유니 일행은 돌아갔고, 네프코랑 네프기어도 아무 말 없이 돌아가려고 했었고."

뒤를 이어 아이에프씨가 이야기한다.

"그건 사과했잖아. 의외로 아이짱은 꽁하니 담아두는 타입이라니까."

언니가 그렇게 말하고는 "네프기어, 보이지?"라며 앞을 가리킨다.

앞을 바라보니 시야가 넓어졌다. 저편에 돌로 된 작은 건물이 보인다.

"교회? 처럼 보이는데."

그렇게 내가 말하자,

"네, 원래 학원에 있던 낡은 교회를 저희가 리모델링했어요."

앞서가던 벨씨가 나를 돌아보며 말했다.

"리, 리모델링!?"

깜짝 놀라 나는 교회를 다시 한 번 바라봤다.

외견은 아무리 봐도 낡은 교회로, 그늘진 벽에는 이끼가 끼어 있다.

하지만 고개를 들어 지붕을 바라보면 어째선지 태양열 전지판이 늘어서 있고 파라볼라 안테나도 설치된 게 확실히 나중에 붙인 듯한 설비들이 있다.

"저건 우리 용돈으로 설치한 태양광 발전기랑 위성을 이용한 인터넷 수신기에요. 전기도 인터넷도 비밀 기지에서 느긋하게 게임을 하는 데 빼놓을 수 없죠."

"비, 비밀 기지…… 인가요? 하지만 게임은 기숙사 방에서 하면 되지 않나요?"

"제 방은 지금은 방 전체가 게임기가 됐어요."

죄, 죄송해요 벨씨. 벨씨가 무슨 말을 하는지 전혀 모르겠어요…….

어디서부터 딴지를 걸어야 할지, 그 이전에 딴지를 걸어야 하… 나……? 어쩔 수 없이 나는 '하하하. 괴, 굉장하네요'라는 말로 어물쩍 넘어갔다. 그러는 사이에도 건물은 점점 다가오고 있었다.

"어서 와 네프기어. 우리들의 비밀 기지에!"

언니가 소리를 높이며 커다랗고 훌륭한 문을 열었다.

안을 들여다보고 나는 깜짝 놀랐다.

제일 안쪽 높은 곳에 위치해 있는 제단은 확실히 교회처럼 보이지만 그 외에는 으음....... 낡은 교회라고는 생각할 수 없는 인테리어였다.

"소파에 텔레비전, 게임기. 저쪽에 있는 건 재봉틀? 왜 재봉틀이......"

비밀 기지라기보다는 가정집 거실 같은 광경이 내 눈앞에 펼쳐졌다.

"언니들이 이걸 전부?"

내가 눈을 똥그랗게 뜨고 물어보자,

"......아무리 그래도 너무 사적으로 쓴 거 아니야?"

동시에 마제콘느 선생의 목소리가 들려왔다.

내 뒤에서 비밀 기지? 로 들어온 마제콘느 선생이 엄한 눈으로 안을 둘러본다.

그 순간 '아차!'라는 분위기가 느껴진다. 언니 일행도 심한 짓을 했다는 자각은 있는 듯 '아 이건 말이죠' 라는 목소리가 여기저기서 들렸지만.

"......이 건은 나중에 이야기하지. 지금 볼일이 있는 곳은 지하야."

말을 끊고는 안쪽에 있는 제단을 향해 걸어갔다.

언니 일행이 안심한 표정으로 뒤를 따라가고, 나도 떨어지지 않도록 그 뒤를 따른다.

그 후에도 몇 가지 깜짝 놀랄 일이 있었다.

첫 번째는 제단이 사람 손으로 옮길 수 있어서 그걸 밀어내니 지하로 이어지는 비밀 계단이 있었던 것.

두 번째는 계단을 내려가자 지상에 있는 교회와는 다른 넓은 지하 신전 같은 공간이 있었던 것.

그리고 세 번째는…….

"기다렸어요, 마제콘느 선생."

"방금 전에 준비가 끝났어."

그렇게 말하며 우리들을 맞이한 사람이 얼마 전까지만 해도 우리들과 목숨을 걸고 싸웠던 매직 컴퍼니의 사장, 매직 더 하드…… 매직이었다는 것.

거기다가 또 한 사람, 그녀의 옆에는 내가 모르는 사람이 서 있다.

브레이브 선생도 깜짝 놀랄 정도로 기계 같은 얼굴-머리에 솟은 뿔은 브레이브 선생보다 많은 세 개!-을 한 사람이 한 손을 들고

"여어, 아가씨들. 잘 지냈어?"

라고 말하며 이쪽을 바라본다.

"매직! 그리고 저지! 너희들 왜 여기에!?"

이쪽의 얼굴이 뾰족뾰족한 사람은 저지라는 이름인 모양이다.

놀람과 경계심이 섞인 느와르씨의 목소리로 그걸 알 수 있었다.

그리고는 느와르씨는,

"마제콘느 선생, 이게 대체 어떻게 된 일인가요!?"

흥분한 목소리로 마제콘느 선생에게 질문한다.

그러자,

"진정해 느와르, 지금 이 사람들에게서는 적의가 느껴지지 않아."

평상시와 다름없이 침착한 블랑씨가 느와르를 달랜다.

"맞아 맞아. 그쪽의 모자를 쓴 아가씨는…… 이름이 뭐였더라?"

"……블랑이야."

"고마워, 블랑이 말한 대로야. 우리들은 너희들이랑 싸우러 온 게 아니라고."

블랑의 말에 뒤이어 뾰족뾰족한 얼굴의 저지씨가 말했다.

"나에게 씌어 있던 악령인지 뭔지는 너희들이 정화해 줬다고 들었어. 나뿐만이 아니라 매직이랑 트릭도……. 그렇지, 매직?"

"……그래, 고맙게 생각하고 있어."

매직은 힐끗 언니 일행을 보고는 퉁명스럽게 말했다.

"뭐지 저건……. 새로운 유형의 새침부끄?"

아이에프씨가 그걸 보고는 속삭인다.

"어떻게 생각해, 느와르?"

"왜 나한테 물어보는데!"

"아, 아이짱. 놀리면 안 돼요."

컴파씨가 두 사람을 어르며 매직에게 고개를 숙이고는 물어본다.

"저, 저기…… 이제 두 분은 나쁜 사람이 아니죠?"

"오오, 이제는 좋은 사람이라고. 애초부터 악당도 아니었고. 도와준 너희들도 잘 알고 있잖아?"

힘차게 고개를 끄덕이며 저지씨가 대답했다. 그러자 그걸 들은 마제콘느 선생이

"애초부터 악당은 아니다, 라. 옛날에 나를 성가시게 했던 주제에 잘도 말하는군. 학원 어둠의 사천왕, 이었던가?"

마제콘느 선생은 장난스러운 얼굴로 저지씨의 가슴을 툭툭 쳤다.

"좀 봐달라고요. 선생. 지금은 그……. 옛 이야기를 하고 있을 때가……."

저지씨와 매직씨가 우리들의 눈치를 보고 있다.

"아무래도 마제콘느 선생과 매직 컴퍼니 분들은 깊~은 관계인 것 같네요."

"그러고 보니 나와 네프기어가 매직이랑 싸웠을 때, 제정신으로 돌아온 매직이 마제콘느 선생의 주먹과 발길질보다 아픈 건 없다고 했지."

"어머어머, 내가 모르는 사이에 그런 전개가."

그걸 본 언니와 벨씨가 작은 목소리로 소근소근 이야기한다.

"나랑 컴파가 브레이브 선생이랑 같이 타워에 올라갔을 때도 브레이브 선생이 트릭이랑 이야기했었지. 옛 친구가 어쩌구……"

"매직 컴퍼니 여러분들은 옛날에 마제콘느 선생의 학생이었군요."

"그리고 브레이브 선생도. 의외네."

어느새 아이에프씨, 컴파씨, 블랑씨……. 그러니까 나 이외에 전원이 가세해서…….

빠안~히.

마제콘느 선생과 매직 일행에게 시선이 모인다.

"어, 어쨌거나 선생 지시대로 장치는 나랑 저지가 설치했고, 트릭도 페리로 그쪽으로 가고 있어요."

매직씨는 무안한 듯 헛기침을 하고는 시선을 피하려는 듯 마제콘느 선생의 뒤로 숨어 버린다.

"몸이 아직 낫지 않았을 텐데 미안해. 덕분에 살았어. 그런데 장치란 건 저건가?"

마제콘느 선생은 생긋 웃으며 신전 안쪽을 바라봤다.

우리들도 그쪽을 바라본다. 신전의 제일 안쪽에 인공적인 무언가가 놓여 있다.

가운데에 커다란 열쇠 구멍처럼 보이는 게 떠 있는 사각형의 기계가 있고, 그 사각형 기계 주변에는 네 개의 기둥 같은 것이 서 있다.

"저건⋯⋯."

그 기둥을 어디선가 본 것 같아 나는 그 장치 쪽으로 다가 갔다.

"아, 네프기어! 기다려!"

등 뒤에서 들리는 언니의 목소리를 흘리며 나는 그 장치를 조사하기 시작했다.

우선 이 중앙의 기계는⋯⋯. 구멍 안에 있는 건 센서인가? 그렇다는 건 뭔가를 분석하는 장치? 주변에 있는 기둥은 아마도⋯⋯.

"저기, 이 기둥은 트랜스미션 언프리페어의 일종이죠? 외부 안테나에 접속하는 타입의. 어째서 데이터 스캐너에 증폭 전송 장치를 네 개나 달았을까⋯⋯. 통신파는 어디서 받고 있나요?"

뒤를 돌아보며 내가 그렇게 물어보자.

"아, 지붕에 있는 파라볼라 안테나를 사용했어. 크기는 작지만 수신 감도가 굉장하거든. 민간용으로는 제법 쓸만하지⋯⋯. 근데 잘 알고 있네, 아가씨?"

그 질문에 대답해 준 사람은 의외로⋯⋯ 라고 말하면 실례일지도 모르겠지만 저지씨였다.

언니도 의외인 듯,

"거, 거짓말⋯⋯. 그 '배틀이다 싸움이다 키햐햐햐!'였던 저지가 네프기어의 메카메카 질문에 척척 대답하다니."

"사람을 겉보기만으로 판단하면 안 되지. 그 파라볼라 안테나는 린박스 주 군대의 시제품을 구입한 거야."

멍하니 우리들의 이야기를 듣고 있었다.

나는 저지씨의 이야기를 듣고서야 이 장치를 어디에 쓸 생각인지 알 수 있었다.

"이거, 콘솔은 따로 달렸죠? 유선인가요?"

"으, 으음……. 저기 옆쪽에 케이블이랑 포트가 있지?"

"지상의……. 플라네튠제 라이트닝 볼트 규격이네요. 이거라면 N기어의 멀티잭을 쓰면……."

그렇게 말하고 나는 허벅지에 차고 있던 파우치에서 N기어를 꺼내 저지씨가 가르쳐 줬던 케이블을 N기어 본체에 접속했다.

"이봐이봐. 저 아가씨, 네 동생 맞지? 정체가 뭐야?"

"네프기어는 메카닉 천재야……. 그것보다 이쪽이 물어보고 싶을 정도라고. 저지, 너 머릿속이 싸움으로만 가득한 캐릭터 아니었어?"

"그런 말을 하면 곤란하지. 그건 옆쪽 세계의 나잖아? 이래 봬도 나는 정보처리과였다고."

언니와 저지씨가 이야기하는 동안 나는 내 추측이 맞는지 확인하기 위해 작업을 계속했다.

연결된 케이블 장치에 접속한 나는 N기어의 멀티플 콘솔 어플을 사용해 장치를 기동했다.

부웅~ 하는 낮은 소리와 함께 장치가 움직여 네 개의 기둥 끝에 있는 LED가 파랗게 빛난다.

그와 동시에,

"안녕하세요, 네프기어씨. 특이한 방법으로 접속했네요. 뭔가 문제라도 생겼나요?"

N기어의 화면에 내가 잘 알고 있는 얼굴이 나타났다. 그리고는 역시나 내가 잘 알고 있는 목소리가 스피커에서 흘러나왔다.

IV

"그럼 최근에 계속되는 이상기후는 천계에 있는 지상 관리 시스템에 문제가 있어서 그런 거예요?"

"맞아요. 지상 분들에게 피해를 끼치게 돼서 정말로 죄송해요."

"그렇게 통판 홈페이지의 서버 트러블 이야기처럼 말해도……."

지금 N기어의 화면에 비치고 있는 건 천계에 있는 잇승씨. 천계의 중심으로 지상의 자연 환경 균형을 맞추는 제어 시스템의 중심… 아니, 그 자체라고 해도 과언이 아닌 존재다.

마제콘느 선생이 말했던 적합한 사람이라는 건 잇승씨였

구나.

그 잇승씨와 이야기하고 있는 사람은 아이에프씨.

"그런데 어쩌다가 그런 트러블이 생긴 거야?"

뭐든 조사하는 게 일이고 공부라고 해도 과언이 아닌 에이전트과의 아이에프씨인 만큼 아마도 물어보고 싶은 것, 알고 싶은 것이 엄청나게 많은 모양이다.

매직 일행이 설치한 기계와 내 N기어를 통해 잇승씨와 통신이 연결되자마자 우선 그동안 궁금했던 질문을 던지는 걸까.

"그건 마제콘느 일행을 홀린 다른 세계의 정신체와 연관이 있어요."

잇승씨는 그렇게 말하고는 화면 속에서 얼굴을 움직여 마제콘느 선생을 바라본다.

"오래간만이에요 마제콘느씨. 한동안 연락이 안 돼서 걱정했어요."

잇승이 그렇게 말하자 마제콘느 선생이 "아, 미안해"라고 짧게 사과하고 고개를 끄덕인다.

"나도 오래간만이잖아, 잇승! 나도 좀 걱정해 줘!"

거기에 언니가 마제콘느 선생을 밀쳐내고 고개를 내민다.

"무, 물론 넵튠씨도 걱정했어요. 그 이야기는 지난번에도 한 것 같은데⋯⋯."

"그건 그거고 오늘은 오늘. 그렇게 짧은 통신으로는 내 노력은 전해지지 않으니까. 그게, 그게……."

언제나의 언니의 페이스대로 이야기를 전혀 다른 방향으로 끌어가려고 하는 것을

"아아, 무슨 이야기를 하려는 건지 전혀 모르겠잖아! 누가 네프코 좀 막아!"

아이에프씨가 언니의 머리를 붙잡고 뒤로 쫓아내려고 한다.

"넵튠! 이야기가 끝날 때까지 거기에 얌전히 있어!"

장난꾸러기 아기 고양이를 붙잡은 엄마 고양이같은 손동작으로 느와르씨가 언니의 제복 소매를 붙잡고 끌어낸다.

죄송해요, 아이에프씨, 느와르씨. 원래대로라면 제가 언니를 돌봐야 하는데. 지금은 손을 놓을 수가 없어서……. 부탁드립니다.

어찌됐건 언제 어느 때나 앞으로 앞으로 나아가기만 하는 언니를 말리고,

"중간에 이야기가 딴 곳으로 새서 미안해, 이스투아르. 계속 말해 줘."

마제콘느 선생이 잇승씨에게 말했다.

그것보다 신경이 쓰이는 건 마제콘느 선생의 말투다. 오래간만이라고 잇승씨에게 말했고, 마치 옛날부터 잇승씨를 알고 있는 것 같은 느낌이랄까…….

하지만 지금 질문을 하면 이야기가 진행되지 않기 때문에 꾸욱 참는다. 지금은 우선 천계에서 일어나고 있는 일을 모두

에게 알려야지.

"그럼 조금은 긴 이야기지만……"

잇승이 이야기를 시작했다.

그 이야기를 정리하자면,

어느 날, 다른 세계에서 일어난 이변-언니의 말에 의하면 다른 세계의 언니인 여신 퍼플하트와 다른 세계의 마제콘느 선생인 대마녀 마제콘느와의 싸움-으로 다른 세계들을 이어주는 터널 같은 것이 생기게 되었다.

그 터널을 통해 이쪽 세계로 오게 된 대마녀 마제콘느와 그 부하-매직 일행에게 씌인 다른 세계의 매직 더 하드의 존재를 천계에서 알게 된 게 모든 일의 시작.

"……이 세계에서 드물게 일어나는 일그러짐이나 이변이라면 세계의 균형을 잡는 도중 흐트러져 흡수되지만, 이번에는 그 일그러짐과 이변이 너무 컸어요. 시스템은 이 세계에 침입한 이물질……. 다른 세계의 대마녀와 그 부하들을 흡수, 처리하지 못하고 과부하를 일으킨 거예요."

"……예를 들자면 게임에 억지로 버그가 일어나게 한 건가?"

"좋은 예네요 블랑. 이 세계 전체를 하나의 거대한 게임 월드라고 생각해 보죠. 예상치 못한 부정한 수치를 입력해 게임 전체를 관장하는 프로그램이 정상적으로 작동하지 않아 게임이 이상해진 거라고 생각하면 돼요."

물론 그런 이상 현상을 놔둘 수 없어 바로 이물을 제거하려 했지만, 운이 없게도 다른 세계의 정신체는 마제콘느 선생과 매직 일행의 육체를 빼앗아 일체화했다.

"혼란에 빠진 시스템은 폭주해 관리자인 제 제어도 듣지 않게 됐어요. 그래서 저는 최후의 수단으로 넵튠과 네프기어에게 시스템을 강제로 재가동시키게 했어요."

"조금 난폭한 것 같지만 그때까지 여러 가지 일들이 있었으니까요. 저도 컴퓨터가 안 좋아지면 자주 재가동해요."

하지만 물리적으로 재가동을 하려던 우리들을 기다리고 있던 건 무수한 가디로이드들.

폭주한 시스템은 그걸 멈추려고 한 우리들을 이물질, 적이라고 생각하고 방위 프로그램을 작동했다.

그 방위 프로그램과의 전투 중에 언니는 나를 지키기 위해……

"제기랄, 너에 대해서 나쁘게 말하는 건 좀 그렇지만 다른 세계의 우리들은 정말 나쁜 놈들이었잖아. 싸움에 졌으면 깨끗하게 결과를 받아들여야지. 우리들 때에는 그게 불량의 미학이었다고."

브레이브 선생도 말했지만 역시 저지씨네는 옛날에는 불량 학생이었구나……. 아, 이게 아니지. 내가 말을 끊어버리면 어떻게 해.

"……아쉽게도 작전은 실패하고, 시스템의 재가동 열쇠인 넵튠씨의 검도 잃어버리게 됐어요. 하지만 우연히도 지상에 떨어진 넵튠씨와 모두의 활약으로 다른 세계의 마녀들은 정화되었고, 그 결과 시스템은 소강상태를 유지하고 있어요. 이게 지금까지 일어난 일이예요."

거기서 이야기를 끊고 잇승씨는 화면 속에서 우리들의 얼굴을 둘러보았다.

"여기까지 질문 없으세요?"

그때 어째서인지,

"흑……. 훌쩍……."

컴파씨가 눈물을 글썽이며 말한다.

"질문이라고 해도 이야기가 너무 빠르고, 어렵고, 뭐가 뭔지 모르겠어요……. 우왕~ 아이짱."

"응, 괜찮아, 괜찮아. 그렇게 어렵게 생각하지 말고 이대로 천계의 이상 현상을 방치해 두면 큰일난다고 생각하면 돼."

아이에프씨가 컴파씨의 머리를 쓰다듬으며 말했다.

"그렇군요. 전에 여기서 만난 다른 세계의 이스투아르님과 퍼플하트가 했던 이야기가 무슨 뜻인지 알 것 같아. 네프코, 잠깐 이쪽으로 와 봐."

아이에프씨는 무언가 이해했다는 듯 고개를 끄덕이고는 언니를 부른다.

"응? 나? 알았어~."

언니는 드디어 자기가 나올 차례라는 듯이 아이에프 옆으로 갔다.

"네이네이, 아이짱. 왔습니다. 나한테 무슨 볼일이야? 뭘까나? 뭘까아?"

"볼일은 네가 등에 지고 있는 그 물건한테 있어. 등에 찬 검을 보여 줘."

아이에프씨는 그렇게 말하고 언니의 등에서 검을 빼서 잇승에게 보였다.

"이스투아르님, 재가동에 필요한 열쇠는 이거로 대신할 수 있나요?"

"**그 검은⋯⋯. 아이에프씨, 넵튠씨, 어디서 이걸?**"

잇승씨는 언니와 아이에프씨를 진지하게 바라봤다.

"아아~ 천계에 돌아가서 놀라게 해 줄 셈이었는데. ⋯⋯ 뭐, 괜찮아. 무얼 숨기랴, 이 검은 다른 세계에 있는 또 다른 나, 여신 퍼플하트에게 받은 검입니다!"

아이에프에게서 검을 받은 언니가 기합이 들어간 목소리로 콧김을 내뿜으며 N기어의 화면을 향해 검을 보였다.

"**⋯⋯역시 그런 거였군요. 사실은 이전에 네프기어씨가 지상에 내려갔을 때 저도 다른 세계에 있는 또 다른 나⋯⋯ 사서 이스투아르라고 하는 존재의 연락을 받았어요. 그녀가 이야기한 게 이거였군요.**"

여느 때라면 냉정한 잇승씨가(블랑씨와는 또 다른 분위기로)

이때만은 언니가 들고 있는 검을 뚫어져라 바라봤다.

"확실히 형태는 잃어버린 재가동 열쇠와 똑같지만 이대로 사용할 수 있을지 조사를 해봐야겠네요."

하지만 그것도 잠시, 곧바로 냉정하게 대답하는 게 역시나 잇승씨답다.

'조사한다'는 잇승씨의 말에 즐거워하는 사람은 나였다.

"그렇구나! 이 기계는 그걸 위해서! ……언니, 이 검을 저 기계의 빈 구멍에 넣어 봐!"

나는 N기어를 한 손에 들고 다른 한 손으로 기계를 가리켰다.

"곤란하게 됐는데……. 나는 뭐 때문에 무리하게 퇴원한 거지……? 그렇지 않아? 매직."

"신경 쓰지 마. 결과적으로 선생에게 도움이 됐으면 그걸로 충분해."

저지씨의 목소리가 내 생각이 틀림없다는 걸 증명해주는 것 같았다.

"응? 이, 이렇게? 이쪽으로 향하면 돼?"

내가 갑작스럽게 소리를 지르자 얌전히 있던 언니가 검을 기계 중앙에 있는 구멍에 넣었다.

N기어의 화면에 다른 창이 뜨고 검을 스캔하겠느냐고 묻는 안내가 나왔다.

됐어! 당첨! 망설이지 않고 YES를 선택했다. 그렇구나, 이스캐너에 연결돼 있는 트랜스미션 언프리페어는 스캔한 데이터를 안정적으로 천계로 보내기 위한 장치였구나.

"……지금 와서 할 이야기는 아니지만, 내가 쓰고 있던 예전 채널은 아직 살아 있는 것 같군."

순조롭게 검의 데이터를 스캔하고 있는 장치를 바라보며 마제콘느 선생이 말했다.

그리고 몇 분 후, 모든 데이터를 잇승씨에게 보내고.

"어때요? 잇승씨."

내가 물어보자.

"……**몇 개인가 해결해야 할 문제가 있지만, 이거라면 어떻게든 되겠어요. 고맙습니다. 네프기어씨. 조금은 희망적이에요.**"

화면 속에서 잇승씨가 가만히 미소를 지었다.

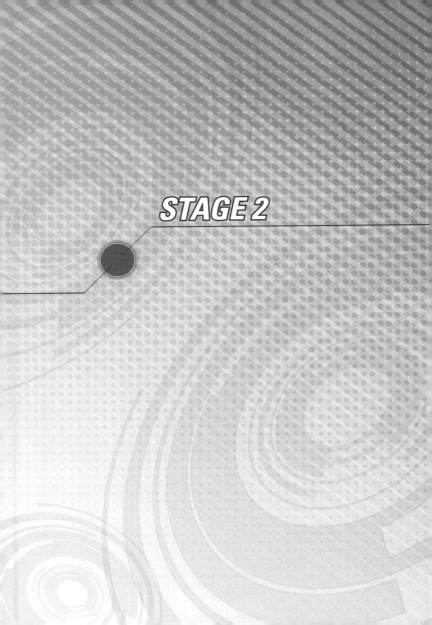

STAGE 2

1

파란 하늘.

"이야아아아!"

하얀 백사장.

"물러 터졌어! 좀 더 기합을 넣어!"

부서지는 파도 소리.

"아직이야!"

그리고.

"허리에 힘이 빠졌어!"

두웅!

두두두두둥!

유니짱과 브레이브 선생의 뜨거운 특훈!

아, 역시 오오토리이 섬은 좋구나. 마음이 편해져⋯⋯. 음? 뭔가 이상한 게 하나 보이는데?

나는 고개를 갸웃거렸다. 그리고 내 눈 앞에

"꺄아아아! 비켜비켜!"

브레이브 선생에게 한방 맞은 유니짱이 비명소리와 함께 떨어졌다! 굉장한 충돌 소리와 함께 모래가 흩날려 햇볕에 반짝반짝 빛난다.

"우와! 괘, 괜찮아, 유니짱?"

나는 모래사장에 쓰러져 있는 유니짱을 일으키려 했지만,

"손대지 마! 혼자서 설 수 있어!"

유니짱은 내 손을 뿌리치고 숨을 헐떡이며

"아직이야…… 끝나지 않았다고!"

본인의 말처럼 이를 악물고 일어났다.

웅덩이처럼 움푹 패여 버린 백사장에서 모래를 헤치고 나온 유니짱의 모습은 내가 알고 있던 유니짱의 모습과 조금……, 아니 많이 다르다.

새카맣던 머리는 눈이 부실 정도로 반짝이는 은발이 되었고, 헤어스타일도 양 갈래 머리에서 세로 롤 머리라고 해야 하나? 예를 들자면 조금 이상한 비유지만 소라빵처럼 돌돌 말린 컬로 변했다.

눈동자 색도 붉은 기가 도는 검은색이었던 게 선명한 녹색으로 변했고.

무엇보다도 눈길을 끄는 건 입고 있는 코스튬. 나와 언니가 변신했을 때처럼 전투용 코스튬을 입고 있다.

하지만 눈길을 끄는 부분은 코스튬 모양새가 아니라 뭐랄까, 그…… 나에 비해 노출이 많달까, 살색 부분이 많다고 할까…….

어, 어쨌거나 이른바 여신화…… 변신 상태의 유니짱이

"노, 노력…… 근서엉……."

손대지 말라고 외친 후에는, 나에게는 눈길도 주지 않고 강

한 눈빛으로 하늘을 노려보고 있다.

유니짱은 다시 한 번 모래를 걷어차 날아오르려고 했지만, 다리가 떨리는 걸 보아서는 힘이 남아 있지 않은 모양이다.

힘이 다해 모래밭에 무릎을 떨군 순간 변신이 풀렸다. 코스튬이 빛의 입자로 변해 흩어지고 머리칼이 검은색으로 돌아왔다.

거기에,

"흐음, 20분인가. 일단은 최장 변신 기록이야."

머리 위에서 목소리가 들려왔다. 플라네 타워에서 우리들을 도와줬을 때와 똑같이 공중전 모드의 브레이브 선생이 천천히 내려왔다.

"이렇게 단기간에 단련한 것치고는 대단한데."

"시간제한이 있는 변신이라니, 그런 한심한 모습을 언니에게 보여주고 싶지 않아요. 한 번 더!"

유니짱은 가능한 한 우리들과 시선을 맞추기 위해 무릎을 꿇고 있는 브레이브 선생을 노려보며 말했다.

몸은 지쳐 보이지만 목소리에는 힘이 담겨 있었다. 이대로라면 몸은 걱정이 없겠지. 나는 가슴을 쓸어 내렸다.

"기다려. 뭐든 계속한다고 성과가 나오는 건 아니니까. 내일 계속하자. 네프기어도 와 있고……."

"느긋하게 있을 시간이 없다고요! 내가 여기에서 멍하니 있는 동안에도 언니는 점점 앞서가고 있다고……. 그렇지, 네프기어?"

유니짱은 브레이브 선생의 말에 강하게 고개를 젓고는, 나를 바라본다.

"점점 앞서 간다라……. 으음……."

그건 아닌 것 같은데. 라는 말이 목까지 올라왔지만, 잠깐만 생각해 보자.

으음, 뭐라고 말해 줘야 할까.

잠깐 생각하는 동안 지금까지 일어난 일을 간단히 설명해 줄게.

다시 한 번 말하면, 나는 지금 오오토리이 섬에 왔어……. 아니 돌아왔어.

마제콘느 선생이 특별히 준비해 준 헬리콥터를 타고.

매직 일행이 준비해 둔 기계로 언니의 검을 스캐닝한 다음 날 아침 일찍 출발했지.

그때 잇승씨는 '몇 가지 문제가 있다'고 말했어.

내가 섬에 돌아온 건 그 문제를 해결하게 위해서야.

"확실히 이 검은 소재도 형태도 제조법도 잃어버린 검과 똑같지만……. 내부에 기록된 데이터가 다른 게 몇 가지 있어요. 재가동 열쇠로 사용하기 위해서는 다른 점을 메워야 해요."

희망이 보인다고 기뻐하던 것도 잠시, 잇승의 표정이 어두워졌다.

그때, 마제콘느 선생이 '역시 그렇군'이라며 의미심장하게 고개를 끄덕였다.

"아무리 비슷한 세계라고 해도, 다른 세계는 엄연히 다른 세계지. 여기와 똑같지는 않아."

"……마치 다른 세계를 보고 온 것처럼 이야기하시는데, 마제콘느 선생은 어떻게 그걸 알고 있는 거죠?"

"보고 온 것과 마찬가지야. 이상한 이야기일지도 모르지만, 내 머릿속에는 나에게 씌었던 마녀의 기억이 그대로 남아 있으니까. ……그렇지 않다면 이렇게 기계를 준비할 수 없었겠지. 안 그래?"

모든 것이 똑같지는 않다고, 마제콘느 선생은 말했다.

잇승씨와 선생의 말에 의하면 언니의 검은 무기인 동시에 재가동 열쇠이며 고성능 기록 장치라고 한다.

검 안에는 시스템을 리셋한 후에 로드를 하기 위한 데이터를 수납해 두는 부분이 있지만, 지금 여기에 있는 검에는 다른 세계의 데이터가 들어 있다.

그렇기 때문에 이걸 이 세계에 맞게 덮어씌워야 할 필요가 있는 것…… 같다.

"해양, 삼림, 초원…… 자연 환경의 파라미터를 채집한 후 입력할 필요가 있어요. 가능하다면 화산의 데이터가 있으면 좋겠네요."

내가 보낸 검의 데이터를 조사하며 잇승씨는 말했다.

"제멋대로 가 버렸으면 헛고생할 뻔했지?"

마제콘느 선생이 씨익 웃으며 나와 언니의 등을 툭툭 쳤다.

응, 언니. 우리 생각이 너무 물렀던 것 같아. 설마 이런 게 필요하리라고는……

그렇게 해서 검은 지하에서 매직 일행과 잇승씨가 계속 분석하도록 맡기고, 우리들은 다시 학장실로 돌아왔다.

돌아오자마자 마제콘느 선생은 데이터 회수를 위한 팀을 짜기 시작했다.

"데이터를 회수, 전송하기 위해서는 N기어를 쓰는 게 좋을 것 같군. 두 팀으로 나누도록 하지. 먼저 넵튠, 느와르, 블랑, 벨과 컴파, 아이에프가 팀A……."

"자, 잠깐만요. 아무리 그래도 파티 균형이 맞지 않잖아요. 전방 3명 후방 3명이 기본 아닌가요?[1] 네프기어 혼자 하는 건 불쌍해요. 내 N기어는 아이짱한테 줄 테니 제가 네프기어랑 같이 있을게요.

"이야기는 끝까지 들으라고. 누가 네프기어를 혼자 놔둔다고 했지? 네프기어는 이제부터 오오토리이 분교로 가도록, 무슨 뜻인지 알겠어?"

과연 매일 바쁘게 일을 하고 있어서인지, 이런 부분에서는 척척 막힘이 없다. 숨 쉴 틈도 주지 않는다는 느낌?

---

1 초차원게임 넵튠 게임판의 파티 구성

나를 걱정하는 언니에게 주저 없이 그렇게 말하고는 마제콘느 선생이 나를 바라본다.

"……으음, 산도 바다도 조사하는 거니 오오토리이 섬은 딱 적합한 장소네요. 저는 유니, 롬, 람이랑 팀을 짜라는 거죠?"

마제콘느 선생이 하고 싶은 말이 뭔지 알 것 같아 그렇게 대답했다.

"앗! 그렇다면 더욱더 네프기어랑 가고 싶어! 나도 남쪽 섬으로 바캉스 가고 싶다고!"

라고 언니가 말하자.

"그래서 너랑 네프기어를 떼어놓는 거야. 너는 네프기어에게 어리광을 너무 부리고, 네프기어도 너에게는 무르니까."

마제콘느 선생이 가차없이 이야기한다. '우우, 네프기어어……'라고 말하는 듯 구원을 요청하는 언니의 시선이 느껴진다.

우와아……. 솔직히 말하자면 나도 언니랑 같이 가고 싶지만.

가고 싶지만…….

"게다가."

'언니, 견뎌내야 해'라는 말을 차마 하지 못하는 나를 보고는 마제콘느 선생이 다시 입을 열었다.

"넵튠에게만 해당되는 이야기는 아니지만, 팀 A는 내일부터 일정을 앞당겨서 기말고사를 봐야 하니까. 어차피 네프기어랑 같이 갈 수는 없어."

회심의 일격이었다.

"설마…… 라고 생각하지만 매일 학업에 정진하고 있는 우리 학원 학생들이 시험 일정이 며칠 앞당겨졌다고 당황하지는 않겠지?"

"지, 지…… 직권남용이다!"

갑자기 어려운 단어를 꺼내는 언니. 그리고 '하아'라는 모두의 포기한 듯한 한숨이 더해져 분위기는 순식간에 어두워졌다.

으음, 뭐랄까……. 열심히! 언니! 나도 열심히 할게! 알겠지?

II

이걸로 상황 정리는 끝.

유니짱에게 말해 주고 싶은 건, 언니들은 지금 기말고사를 보는 중이니까 그렇게 걱정하지 않아도 된다는 것 정도?

…….

아, 안되겠어. 그렇게 이야기해도 유니짱의 성격으로 보아

"아, 그래? 그럼 다행이네. 조급해하지 않아도 되겠어."

라고 납득하지는 않을 것 같아. 그것보다는

"그렇다면 그 동안에라도 차이를 좁혀야겠네! 역시 특훈 개시!"

이렇게 될 것 같다.

"······기어."

아아, 어떻게 해야 되지? 내가 어떻게 말해야 유니짱이 생각을······.

"네프기어!"

툭툭.

이마를 툭툭 치는 느낌에 나는 제정신으로 돌아왔다.

유니가 눈썹을 찡그리면서 내 얼굴을 빤히 바라보고 있다.

"어라? 유니짱?"

"유니짱, 이라고 말할 때가 아니라고. 아까부터 무르다느니, 직권남용이라느니 혼자서 중얼중얼 이상한 이야기나 하고, 어떻게 된 거야? 일사병이라도 걸린 거야?"

아, 아차! 부끄러워!

머릿속으로 생각한 걸 입 밖에 내서 말한 것도 그렇지만, 유니짱을 격려해 주려고 했는데 반대로 날 걱정해 주다니······.

"괘, 괘, 괜찮아! 멀쩡해! 쌩쌩해! 그것보다 특훈은?"

귀까지 빨개진 게 느껴질 정도였다. 나는 당황해 얼버무리려 했다.

"아까부터 비결이 뭔지 묻고 있는데 계속 멍하니 있었

잖아.”

“비, 비결? 어떤?”

“전혀 듣고 있지 않았구나.”

우와아, 완전히 늪에 빠졌네.

미안해, 미안해!

두 손을 모아 사과한 뒤에 유니의 이야기를 처음부터 다시 들었다.

으음, 흠흠. 오랜 시간 동안 변신을 유지하려면 어떻게 해야 하는지…… 라.

“난 그다지 타인에게 조언을 구한다거나 뭘 묻는다거나 하는 타입은 아니지만, 이번에는 사정이 다르잖아? 이것저것 따질 때가 아니니까 비결이 있으면 알려 줘.”

그, 그렇게 말해도. 의식하면서 변신한 적이 없어서. 잘 모르겠다.

태어났을 때부터 변신을 할 수 있었던 건 아니지만, 나도 언니도 어느새 변신을 할 수 있게 됐다고나 할까……. 아, 내 경우에는 어린 시절에 언니의 변신을 보고 나도 해 봐야겠다고 생각하는 사이에 하게 된 듯한…….

하지만 유니짱은 심각한 얼굴로 물어봤다.

모처럼 조언을 구하는 건데 제대로 된 대답을 들려줄 수 없어서 미안하기도 하지만, 솔직하게 대답했다.

그런 내 말을 들은 유니짱은 한숨을 내쉰다.

"너도 인디지니스……. 자연발생형인가?"

"이…… 인디?"

처음 듣는 말에 내가 당황해 하자 유니가 말했다.

"네 언니인 넵튠씨도 분명히 그럴 거야. 롬이랑 람의 교환 일기로 넵튠씨가 어디에 있는지 알게 됐었잖아?"

"응, 그렇지."

"그 뒤에 나도 언니랑 주고받은 메일을 다시 확인해 봤어. 그랬더니 고등부의 특기 입시 시험을 본 아이와 모의전을 했는데, 그 아이가 훈련을 하지 않아도 변신할 수 있는 아이라고…… 적힌 메일을 봤어."

"그게 언니라는 거야? 하지만 자연발생이라는 이야기는 처음 들어 봐."

내가 그렇게 말하자.

"그건 지상인의 이야기야. 넵튠과 네프기어는 해당되지 않을 지도 모르지."

모래사장에 앉아 우리들의 이야기를 듣고 있던 브레이브 선생이 이야기에 끼어들었다.

"무슨 얘긴가요?"

"여신화는 최근에야 겨우 연구가 진행된 분야니까. 여신화라는 말도 있는 만큼 변신할 수 있는 사람은 소질이 있는 여성뿐이야. 그 소질은 아까 유니가 말한 것처럼 자연스럽게 능력이 발현하는 타입과 수행이나 훈련…… 쩝, 뭐라 부르든 간에 자신의 노력으로 그 능력을 발현하는 타입의 두 종류가 있다고 해."

"그럼 유니짱은?"

"보다시피 후자야. 오 분 이상 변신을 하게 된 건 섬에서 브레이브 선생의 지도를 받으면서부터야."

"여신화의 소질을 가진 사람이 희귀한 데다가, 자연발생형 인자를 가진 사람은 더욱더 희귀하지. 마제콘느 선생은 세계에서 여신화가 가능한 소질을 가진 여성을 학생으로 모아 교육하고 있지만, 자연발생형은 전체의 10% 정도인 것으로 알고 있어."

"그렇구나……."

"응, 그러니까 90%에 해당하는 나와는 반대로 희귀한 10%가 저 아이들."

"저 아이들?"

유니짱이 어깨를 움츠리며 내 뒤편을 가리켰다.

응? 그쪽을 돌아본 순간 눈앞에 펼쳐진 광경에 나는 몇 번이고 눈을 깜박이며 바라볼 수밖에 없었다.

100미터 정도 떨어져 있는 야자나무 그늘에서 얼굴을 내민 사람들은 아침부터 보이지 않았던 람짱과 롬짱.

오늘은 사이좋게 손을 잡고 있다. 즐거워 보이네.

……그건 상관없지만. 문제는 그 아이들과 같이 있는 사람이다.

뒤룩뒤룩한 눈알과 긴 혀, 카멜레온 같은 얼굴에 술을 채운 나무통처럼 둥글둥글한 몸.

저지씨와 브레이브 선생도 특징 있는 외모긴 하지만, 한 번 보면 절대로 잊을 수 없는 저 사람은……

"트트트, 트릭씨!?"

"역시 그쪽이 눈에 띄지?"

"확실히 눈에 띄지 않는 게 이상하다고나 할까……."

트릭씨도 이제는 나쁜 사람이 아니라는 건 나도 알고 있다. 알고는 있지만……

나는 실제로 저지씨와는 싸운 적이 없고, 매직씨는 그……. 트릭씨와는 분위기가 다르고…… 그렇지?

"으음, 괘…… 괜찮은 거지?"

나는 유니에게 그렇게 물어봤다. 그러고 보니 매직씨가 '트릭은 계획한 대로 그쪽에~'라고 말한 게 이거였구나.

"괜찮은 것 같아. ……나도 믿을 수 없지만."

유니짱이 말한 대로였다.

"아, 네프기어랑 유니짱!"

"브레이브 선생도 있네."

"잠깐만 기다려, 람. 그렇게 서두르면 아까처럼 넘어진다."

저쪽도 우리들을 발견한 듯, 람짱이 소리 지르며 이쪽으로 뛰어오려고 한다.

하지만 트릭씨가 람짱의 손을 잡고 그렇게 말하자.

"네~에."

우리 언니에게 지지 않을 정도로 고잉 마이웨이였던 람짱이 깜짝 놀랄 정도로 순순히 발걸음을 멈춘다.

"……그래. 넘어진다고."

롬짱은 처음부터 트릭씨의 손을 꼬~옥 잡고 놓지 않는다.

이렇게 세 명이 트릭씨를 한가운데에 두고 사이좋게 손을 잡고 걸어가는 광경은……. 유니짱이 괜찮다고 하긴 했지만, 역시 믿기지 않는다.

"오오, 네프기어. 미안, 어젯밤에는 일이 있어서 마을의 어업협동조합에 다녀와서 인사를 못 했네."

"아, 네에. 트…… 트릭씨도 마제콘느 선생의 지시로 섬에 온 건가요?"

"음, 너희가 도와준 뒤에 매직과 이 몸은 병원에 입원해 있었는데 마제콘느 선생이 직접 와 줬지. 이야기를 들어 보니 중요한 일이더군. 먼저 퇴원한 저지도 입원하는 동안 따분해 죽을 것 같다고 하고, 사죄를 해야 할 것 같아 미력하나마 힘을 빌려주기로 했단다."

사죄, 라고 말하며 트릭씨가 큼지막한 손으로 머리를 긁적인다.

말투와 목소리에서 플라네 타워에서 만났을 때의 공포와 징그러운 느낌은 전혀 느껴지지 않는다.

"트릭은 섬에 오자마자 나와 롬, 유니짱에게 진심으로 사과했거든. 그래서 용서해 주기로 했어. 그렇지, 롬짱?"

"……응. 트릭짱은 정말로 좋은 사람이야. 그러니까 네프기어도 사이좋게 지내."

그렇게나 트릭씨를 무서워했던 롬짱이 저렇게 말하다니, 깜짝 놀랐다. 하지만 저대로라면 진짜로 문제는 없을 것 같다.

그렇게 생각하며 유니짱을 보니, 나와 눈을 맞추며 '뭐 그러면 됐지'라는 느낌으로 어깨를 움츠린다.

"어린 여자아이들은 물론이고 유니와 너에게도 나쁜 짓을 했으니까…… 경계하는 것도 당연하지. 하지만 이 몸은 이제 제정신으로 돌아왔어. 안심하라고."

그런 내 마음을 알아챈 듯, 트릭씨가 말했다.

"아니에요. 죄송합니다."

"사과하지 않아도 돼. 그렇지……. 이 몸은, 확실히 어린 여자아이를 좋아해! 아주 좋아하지!"[2]

……응?

좋아한다고 말하며 주먹을 꼬옥 쥐는 트릭씨의 모습에 사라져 가던 불안감이 되살아난다.

어, 어라라? 그런 부분은 여전한 건…… 가?

"젖비린내 나는 숨결이 좋다, 평평한 가슴이 좋다. 혀 짧은 목소리가 좋다! 거리에서, 유원지에서, 수영장에서, 학교에서, 이 지상의 모든 장소에 건강하게 생활하는 어린 여자아이들이 좋다아!"

---

2 Hellsing. '소좌'의 명연설이죠.

뭐, 뭐? 뭐어어어!?

"하지만! 하지만! 어린 여자아이들을 좋아하는 자들은 언제 어느 때라도 신사여야 하지. 신사는 절대로 어린 여자아이들을 괴롭히거나 슬프게 하면 안 돼. 내가 말하는 것도 좀 그렇지만, 무서워하는 애들의 마음을 생각하지 않고 자신의 욕망에 져서 하악거리는 것은 사도! 언어도단이 아닌가!"

조, 좋은 말이지? 좋은 말 하는 거지? 유니짱, 정말로 믿어도 되는 걸까?

"······생각해 보면 다른 세계의 나도 한심한 녀석이군. 어린 여자아이를 붙잡아서 할짝거린다는 사악한 야망을 품을 바에야 이렇게 마음을 열고 어린 여자아이들을 대하는 진실한 길을 터득하면, 여자아이들도 스스럼없이 다가오는데······ 크윽······."

트릭씨는 눈물을 글썽이며 강한 어조로 말하고는 눈물이 흐르지 않게 하기 위해서인지 푸른 하늘을 바라본다.

그 순간 갑자기, 통통통통! 하고 묘하게 밝고 리드미컬한 소리가 들려온다.

그쪽을 보니 람짱이 트릭씨의 커다란 배에 달라붙어 그 배를 통통 두드리고 있다.

"이거 봐 롬짱, 트릭의 배, 큰북 같아!"

"···재미있겠다. 나도 할래(생긋)."

"와아. 롬짱과 같이 놀자둥!"[3]

통통통통.

그 소리가 트릭씨가 말하는 '마음을 여는 진실한 길'인지는 모르겠지만,

"……트릭, 너 무슨 말을 하러 온 거야?"

초현실적인 광경인 건 확실한 듯, 브레이브 선생이 한심하다는 듯이 이야기한다.

그제서야 겨우 현실로 돌아온 트릭씨가.

"그렇지, 그렇지. 안 되지, 안 돼. 중요한 걸 잊어버릴 뻔했네."

트릭은 그렇게 이야기했다. 여전히 람짱과 롬짱은 트릭의 배를 퉁퉁 치고 있다.

"어업협동조합과는 이야기를 끝냈어. 사실을 말하면 불안해할 테니, 자원 조사와 분교의 과외수업이라는 명목으로 섬의 어부들도 해양 조사에 협력해 주기로 했어."

"정말로? 완고한 조합장을 잘도 설득했군."

"뭐어, 그 할아범도 사람이니까. 귀여운 손녀에게는 정신을 못 차리는 것 같더라고. 그 아이를 안주…… 아니 귀엽다고 칭찬하며 하룻밤 같이 술을 마셨더니 허락해 주더군. 덕분에 배가 이 모양이지만."

---

3 반다이 남코의 큰북 리듬액션게임. 태고의 달인

통통두두둥!

"람짱, 잘하네."

"50콤보다동!"

음, 훈훈하다고 말하면 훈훈한 걸까.

내가 알지 못하는 사이에 데이터 수집 준비도 진행되고 있는 것 같고.

한동안 모래사장에는 트릭의 배로 연주하는 리듬과 람짱, 롬짱의 즐거운 웃음소리가 울려 퍼졌다.

III

다음날 아침.

전에 신세를 졌던 때처럼 분교 숙직실에서 눈을 뜬 나는 유니짱과 함께 아침 일찍부터 섬의 항구를 향해 걸어가고 있었다.

섬의 상점가를 빠져나와 항구로 가는 길을 걸어가던 중 나는 길 양 옆에 초롱이 장식돼 있는 것을 알게 됐다.

"유니짱, 저 초롱은 뭐야? 전에 왔을 때에는 없었는데."

신경이 쓰여 유니짱에게 물어보니,

"응? ……아아, 슬슬 축제 기간이니까, 준비를 하고 있는 거야."

"축제! 재미있겠다!"

내가 들뜬 목소리로 이야기하자,

"……그래, 즐거울 거야."

유니짱은 덤덤하다. 그러고 보니 아침에 나를 데리러 왔을 때에도 기운이 없어 보였지.

"유니짱, 왜 그래? 어디 아파?"

"아무것도 아니야. 신경 쓰지 마."

아무것도 아니라고 말하지만, 그러자마자 한숨을 쉬고 있고.

하지만 이 이상 질문을 하는 것도 눈치가 없는 것 같아, 개운치 않은 마음으로 항구까지 왔다.

항구에는 롬짱과 람짱을 데리고 온 미나 선생과 트릭이 와 있었다.

"늦어서 죄송해요."

"출항 준비는 다 됐어. 서두르자."

미나 선생이 재촉해 나와 유니짱은 제방에 정박해 있는 중간 정도 크기의 어선에 올라탔다.

브레이브 선생은 오늘은 학교에 남아 있다. 아무래도 학교에 아무도 없으면 다른 사람들이 곤란하니까.

섬의 젊은 어부가 운전하는 어선을 타고 출항한 지 두 시간 정도.

360도 주변이 전부 바다. 수평선에 눈을 돌려 봐도 하늘과의 경계선이 느껴지지 않는 바다 한가운데에 도착한 그때서야 나는 유니짱이 기운이 없는 이유를 알게 됐다.

"알겠죠? 지시한 장소에 이 기계를 놔두면 바로 올라와야 돼요. 물고기가 헤엄쳐도, 예쁜 산호가 보여도 절대로 다른 길로 빠지면 안 돼요. 약속하는 거죠?"

"미나짱도 참, 아직도 우리를 어린애 취급하고. 걱정하지 않아도 제대로 할 수 있어."

"……람짱과 같이 있으면 괜찮아. 열심히 할게."

바다에서 잡히는 성게 같은 모양을 한 기계가 들어간 그물 형태의 주머니(그물에 들어가 있으니 더욱더 성게로 보인다)를 넘겨주는 미나 선생과 기운차게 그걸 받아 드는 람짱.

그리고 조금 떨어진 곳에서 그걸 지켜보는 유니짱의 안타까운 표정.

그제서야 나는 알 수 있었다.

"그럼 간다, 롬짱. 하나 둘…… 변신!"

"……응. 변신!(반짝)"

유니짱의 눈 앞에서 람과 롬의 모습이 반짝이는 빛에 감싸여 변해 간다.

언니인 블랑과 같은, 하얀색에 귀여운 핑크색이 들어간 코스튬을 입은 두 사람이,

"그럼, 다녀올게요!"

"……물이 차갑지만…… 에잇!"

성게형 센서가 들어간 주머니를 둘이 안고, 첨벙 하고 커다란 물보라를 일으키며 바닷속으로 사라져 간다.

"괘, 괜찮을까요 트릭씨? 아무리 마제콘느 학장의 지시라고 해도……. 저 두 사람에게 여신화를 허락하는 건 이르지 않나 싶은데요."

"니시자와 선생, 어린 여자아이는 때로는 어른의 손에서 벗어나고 싶어 하는 법, 우리 같은 어른들은 그 사랑스러운 성장을 따뜻하게 지켜봐야죠."

"……여, 여자아이……."

"니시자와 선생이 생각하는 것 이상으로 저 둘은 야무져요. 이 몸, 어린 여자아이를 보는 눈은 누구보다도 확실하니까. 그런 말도 있지 않습니까. 귀여운 어린 여자아이에게는 여행을 보내라고."

"그건 여자아이에게만 해당되는 이야기는 아닌 것 같지만……. 아니 그게 아니라……. 아아, 걱정되네요."

의욕 넘치게 바다로 들어간 롬짱과 람짱과는 반대로 미나 선생은 걱정스러운 얼굴로 바다를 바라보고 있다.

한편 나는 둘의 변신을 보고 더욱더 기운이 없는 표정으로 있는 유니짱의 옆모습을 계속 바라보았다.

"유니짱……."

"쓸데없는 동정은 필요 없어."

"그, 그건 아니야……."

말을 건 순간, 유니가 날카로운 눈빛으로 나를 노려보았다. 깜짝 놀란 내가 고개를 움츠리자 유니는 '앗' 하고 작은 목소리를 내며 미안한 듯한 얼굴 표정으로

"미, 미안해. 나도 모르게……. 네프기어에게 화풀이를 해도 어쩔 수 없는데."

라며 자신의 머리를 톡 하고 친다.

"바닷속에서는 언제 변신이 풀릴지 알 수 없는 사람을 쓸 수는 없겠지. 나도 알고 있어."

"유니짱, 저기……."

"괜찮아, 괜찮다고. 꼬맹이들이 올라오면 다음은 네 차례야. 제대로 준비해 둬야지. 나는 내가 할 수 있는 한 도와줄 테니까."

반대로 나를 격려하는 것처럼 말하고는, 내 뺨을 양손으로 잡는다.

"데이터가 빨리 도착했는데. 꽤 실력이 좋군. 유니, 니시자와 선생. 미안하지만 바닷속의 상황을 모니터링해 줘. 이 몸은 데이터 해석으로 바쁘니까."

그 순간, 내가 가져온 N기어를 연결한 장치를 노려보고 있는 트릭씨의 목소리가 들렸다.

"오케이, 알았어요."

유니짱은 내 얼굴에서 손을 떼고 이번에는 자신의 뺨을 때려 기합을 넣고는 트릭씨를 향해 걸어간다.

"이쪽 모니터를 보고 있으면 되죠?"

"음, 어부들의 이야기로는 이 주변에는 커다란 상어도 돌아다니는 것 같으니까 이상한 게 있으면 바로 알려 줘."

"알았어요."

라는 유니짱과 트릭씨의 대화가 들려온 뒤,

"차차차, 차가워!"

"……우우, 추워요오(훌쩍)."

아까와 같이 바다를 가르며 날아오른 람짱과 롬짱이 어선 갑판에 착지했다.

작은 어깨를 끌어안고 부들부들 떨면서. 불쌍하게도 입술이 자주색으로 변했다.

그래도 꼿꼿하게 들고 있던 주머니 안은 텅 비어 있다.

둘 다 해냈구나.

"수고했어! 여기 따뜻한 코코아."

나는 두 사람에게 달려가, 출발 전에 미나 선생이 가져온 보온병 안에 들어 있는 코코아를 내민다.

"……추워. 네프기어짱, 나 열심히 했어."

"응, 알고 있어. 굉장해! 대단해!"

"… 에헤헤. 네프기어짱이 칭찬해 줬다."

"그런 걸로 기뻐하면 어떻게 해, 롬짱. 정말로 힘들었다고! 섬 근처를 헤엄치는 거랑 전혀 다르고, 새까맣고, 차갑고, 물고기들은 무서운 표정이고! 우와앙, 미나짱!"

"응응, 정말로 열심히 해 줬어요, 너희들이 이렇게나 해 주다니……. 나 사과해야겠네요. 여기에 담요가 있어요."

둘의 건강한 모습에 나도 찡했지만 미나 선생은 더욱더 각별한 듯, 눈물을 글썽이고 있다.

작은 두 사람에게 있어서는 처음으로 들어가 보는 깊은 바닷속은 힘든 모험이었던 것 같다.

하지만 그건, 나에게도 똑같다. 그리고 나는 바다에 빠진 트라우마가 있어서……. 정신을 바짝 차려야 할 것 같아. 좋았어!

서포트하는 트릭씨와 미나 선생은 물론이고, 분한 마음을 감추고 밝게 행동하고 있는 유니짱 앞에서 꼴사나운 모습을 보이면 안되겠지.

"힘내자!"

작은 목소리로 기합을 넣고, 나도 변신했다.

"준비는 됐어? 그럼 네프기어는 이걸 해 줘. 배를 중심으로 이렇게 넓게 헤엄쳐 줘."

변신한 나에게 트릭씨가 갑판에 있던 커다란 도너츠 같은 물건을 넘겨준다. 아까의 성게형 센서와는 또 다른 도구인가?

"이건 뭔가요?"

이 도너츠, 뭔가 가득 채워져서 무겁네. 변신을 하지 않으면 절대로 들 수 없을 정도다. 질문을 하면서 얼굴을 찌푸린 건 얼굴을 갖다 대니 비린내가 진동했기 때문이다.

"물고기 미끼에 생체 조사용의 나노센서를 섞은 거야. 끌어안고 헤엄치는 동안 조금씩 녹아서 그걸 생물이 먹게 되지. 그러면 몸 안에 들어간 나노센서가 미끼를 먹은 생물의 데이터를 보내주게 돼 있어."

저지씨의 말에 따르면 학생 시절에는 공학과였던 트릭씨가 자신만만한 얼굴로 말했다.

"나노센서라니……. 이런 짧은 시간에 잘도 준비를 하셨네요."

"이 몸은 조정을 맡은 것뿐, 실제로 준비한 사람은 마제콘느 선생이야. 얼핏 듣기로는 네 언니의 기억 문제로 이래저래 하는 사이에 조금씩 준비한 것 같다더군."

"마제콘느 선생이?"

언니와 둘이서 천계에 가려던 순간 붙잡혀 내가 다시 섬에 돌아올 때까지 그렇게 척척 지시를 내려 줘서 안심하고 지시에 따랐지만, 새삼스레 생각해 보니 마제콘느 선생은 수수께끼인 부분이 많다.

언니의 검이 열쇠라는 것을 처음부터 알고 있었다는 듯이 준비한 것도 그렇고.

잇승씨와 알고 지내는 사이인 것처럼 보이는 것도 그렇고, 결국에는 자세한 건 알아내지 못한 채 여기로 왔지만.

천천히 이야기할 기회가 있으면 좋겠지만 대하기 어려운 면이 있어서 말을 잘 못 걸겠단 말이지.

"왜 그래 네프기어? 눈썹을 올렸다 내렸다……. 이쪽은 준비 됐다고."

……아차, 신경 쓰이긴 하지만 지금은 이쪽에 집중해야지.

"괘, 괜찮아요. 언제라도 갈 수 있어요!"

변신을 해 힘이 세진 나는 비린내가 나서 조금 불편한 미끼형 센서를 머리 위로 들고 뱃머리에 섰다.

"네프기어, 조심해. 바닷속에서 무슨 일이 일어나도……. 도와주러 갈 수 없으니까."

뛰어내리려던 순간, 유니짱이 그렇게 말했다.

뒤돌아보자 쓸쓸해 보이는 유니짱과 눈이 마주친다.

"응, 알았어. 조심해서 다녀 와."

나를 걱정해 주는 유니에게 미소로 답하고 나는 새파란 바닷속에 뛰어들었다.

IV

처음으로 헤엄쳐 보는 바닷속은 미끼형 센서가 무겁긴 하지만 기분 좋다…… 는 느낌은 조금도 없었다.

섬의 해변에서 모두와 함께 스노클링을 하던 때와는 다르다.

롬짱이 떨면서 말한 것처럼 깊게 잠수할수록 물이 차가워진다.

햇빛과 열이 전혀 닿지 않기 때문이다.

해저까지는 200미터 정도일까? 만일 변신을 하지 않았더라면 주변의 풍경도 전혀 보이지 않는데다가 굉장한 수압으로 몸이 짜부라졌겠지.

실제로 잠수해 보고 느낀 거지만……. 롬짱과 람짱도 이렇게 어둡고 기분 나쁜 곳에서 힘냈구나.

이래서야, 나이가 많은 내가 약한 소리를 하면 안 되겠지.

나는 우선 해저 밑바닥에 있는 울퉁불퉁한 바위밭에 발이 닿을 때까지 잠수한 다음, 크게 원을 그리며 수면을 향해 헤엄쳤다.

바닷물에 닿을 때부터 조금씩 부서지기 시작한 미끼의 파편이 천천히 바닷속에 퍼져 간다.

포인트는 이 '천천히 헤엄치는' 것이다. 숨을 쉴 수 있는 동안 천천히 헤엄을 쳐서 가능한 한 넓은 범위로 나노센서를 흩뿌려야 한다.

람짱이 말한 무서운 표정의 심해어나 에일리언 같은 수수께끼의 생물이 눈앞을 지나쳐 흠칫 놀라면서 반 정도까지 올라왔을 때 나는 이변을 눈치챘다.

누군가가 나를 보고 있는 것 같아…….

하지만 여기는 바닷속이다. 확실히 심해어의 눈은 뒤룩뒤룩 큼직하지만 그런 시선이 느껴지는 건 아니고.

그렇지, 배 위에서 유니짱이 주변 상태를 모니터링한다고 했지. 그러면 뭔가 이변이 일어나도 알려 줄 거야.

바닷속에서는 이야기를 할 수 없으니 일방통행이겠지만, 신호가 없다는 건 이상은 없다는 뜻이겠지.

기분 탓일까? 이런 바닷속에서 누가 나를 보고 있다는 거야. 싫다 정말…… 이라고 생각한 그때.

톡, 내 다리에 뭔가 닿는 느낌이 들었다.

아니, 이건 기분 탓이 아니야. 확실히 닿았어! 뭐뭐뭐, 뭐지?

깜짝 놀라 아래를 내려다본 순간, 나는 봤다.

변신해서 강화된 시력이라 더욱더 확실하게, 바다 밑에서 나를 올려다보고 있는 눈을!

"……주변에는 커다란 상어도 돌아다니는 것 같으니까."

잠수하기 전에 트릭씨가 말한 게 생각났다. 하지만 지금 나를 올려다보고 있는 눈은 상어가 아니다.

상어에게 흡반이 달린 다리가 있을 리 없잖아?

내 발에 엉켜 있는 이건, 누가 봐도 오징어나 문어인 것 같은데…….

하지만 오징어가 이렇게 컸었나? 스멀스멀 엉겨 오는 다리 하나하나가 내 몸보다도 두껍고 엄청나게 큰데…….

…….

도, 도망가자!

내 온몸에 최고최대의 위험 신호가 느껴진다.

천천히 넓은 범위가 어쩌고 할 때가 아니야!

튀어오르는 것처럼 나는 해면을 향해 전속력으로 헤엄치기 시작했다.

아아, 유니짱! 이런 거대한 생물이 다가오면 온다고 말해 주라고!

심장이 두근거리고 내 몸에서 점점 산소가 떨어져 간다. 하지만 속력을 줄일 수는 없었다.

아래쪽에서 확실히 나를 향해 다가오는 기척이 느껴진다. 기분 탓이 아니야. 절대로!

그게 뭐냐 하면 물론 본체지. 오징어나 문어의 본체!

아무리 무서워도 바닷속이라 소리를 지를 수도 없다. 빨리 도망가야지!

이제 더 이상 숨을 쉴 수 없어 한계라고 생각한 순간 바닷속에 내리쬐는 태양빛이 강해지는 걸 느꼈다.

조금만 더! 마지막 남은 힘을 쥐어짜 헤엄친다. 안고 있던 센서는 내팽개치고 양손으로 물을 가르며 겨우 바다 위로 날아올라 있는 힘을 다해 소리친다!

"오, 오징어가!"

내 목소리에 맞춰 수면이 보글보글 거품을 일으키고는 바다를 가르며 거대한 다리가 튀어나왔다.

그 다리가 눈 깜짝할 사이에 허공에 있는 내 몸을 감

고…….

"꺄아아아! 도도도… 도와줘!"

배 위에서 입을 쩍 벌리고 나를 보고 있는 모두의 모습이 슬로우 모션처럼 좌우로 흔들린다.

"대대대, 대마왕 오징어!?"

커다랗게 입을 벌리고 외치는 트릭씨의 목소리도 오른쪽에서 왼쪽으로 구급차나 경찰차의 사이렌이 지나갈 때 묘하게 천천히 들리는 것 같은 느낌으로 들려온다.

아아, 역시 이건 문어가 아니라 오징어였구나…… 가 아니라!

"도와주세요!"

트릭씨에게 지지 않는 큰 목소리로 외친다. 내 외침이 끝날 무렵에 새파란 수면이 눈앞에 들어온다.

끄, 끌려들어간다!

나는 필사적으로 몸에 들러붙어 있는 다리를 잡아당기고 다시 한 번 하늘로 날아올랐다.

"장난치지 말라고!"

짭짤한 바닷물을 토해내며 나는 소리쳤다.

대마왕인지 대통령인지 모르겠지만 내가 제대로 싸우면 오징어 한 명쯤! 응? 오징어는 한 마리 두 마리인가? 아니 그런 건 아무래도 상관없어!

나는 배에 감겨 있는 다리 끝을 양손으로 잡고 온 힘을 다해 발버둥친다. 무슨 일이 있어도 여기서 빠져나갈 거야!

라고 생각했지만 상상 이상으로 힘들다.

다리 표면은 미끌미끌해 힘이 들어가지 않고 흡반이 코스튬에 달라붙어 생각대로 되지 않는다.

거기다가,

"시, 싫어!"

두 개째, 세 개째, 바다에서 다리가 뻗어 나와 내 뺨과 등에 엉겨 온다. 기분 나빠!

"떨쳐 내 네프기어! 대마왕 오징어는 크기로 말하자면 마지막 Y스테이지의 거대 전함 정도라는 그야말로 바다의 마왕! 심해에 끌려가면 승산은 없어!"

희미하게 트릭씨의 목소리가 들려왔다.

"거, 거대 전함 정도라고 해도……. 그럼 어떻게 해요!"

"……어떻게, 라. 대마왕 오징어의 생태에는 수수께끼가 많아서 최근에야 겨우 르위 주의 공영 텔레비전이 세계에서 처음으로 살아있는 대마왕 오징어의 영상을 촬영해 인터넷에서 화제가……."

"지금 그런 정보는 필요 없다고요! ……꺄아아아아!"

나를 감고 있던 대마왕 오징어의 다리에 힘이 들어갔다.

괴, 괴로워……. 뼈가 부러질 것 같아. 그대로라면 정말로 오징어밥이 될 것 같아. 그건 싫어!

눈물이 글썽글썽한 채 배를 바라보니, 어찌할 바를 몰라 머리를 끌어안고 있는 트릭씨와 모포에 싸여 있는 람짱과 롬짱을 끌어안고 있는 미나 선생이 눈에 들어왔다.

"니, 니시자와 선생! 어린애들에게 도와달라고 하면 안 될까? 상대가 바닷속에 있다면 이 몸도 도움이 안 돼!"

"아, 안돼요 트릭씨. 둘 다 아직 몸이 차가워서 제대로 움직일 수 없다고요!"

"그렇지만 이대로라면 배도…… 으헉!"

싸우는 것처럼 큰 목소리로 이야기하는 트릭씨와 미나 선생. 그리고 나를 붙잡고 있는 것과 같은 굵기의 오징어 다리가 배 뒤쪽, 방향타가 있는 곳으로 뻗어 온다.

배는 방어 수단이 없는 어선. 기분 나쁜 소리와 함께 방향타가 부서지는 걸 나는 보고만 있을 수밖에 없었다.

누가…… 누가 좀…….

바닷속에 끌려가면 반격할 수 없는 건 알고 있어. 그것만은 피하기 위해 나는 온 힘을 다해 날아오른다.

왼쪽으로, 다시 오른쪽으로. 지금의 나는 낚시줄에서 도망치려는 물고기나 다름없다. 상황이 반대지만.

오징어에게 저항하는 것만으로도 벅차 배를 구할 여유는 없었다.

롬짱과 람짱도 지금은 움직일 수 없다.

지금 도와줄 수 있는 사람은…….

오징어 다리에 휘둘리며 나는 갑판에서 몸을 내밀고 이쪽을 보고 있는 누군가를 바라봤다.

"네프기어, 정신차려!"

"유니짱! 유니짱!"

"힘내, 힘내라고!"

"응, 힘낼게. 힘낼 테니까……. 부탁이야, 유니짱……."

꾸욱, 하며 나를 잡아당기는 힘이 갑자기 강해졌다.

시간이 지나도 나를 잡아먹을 수 없자 안달이 났는지 대마왕 오징어가 온몸을 사용해 잠수하려 하고 있었다.

한순간 숨이 막혀 몸에서 힘이 빠진다. 눈 깜짝할 사이에 바다로 끌려들어간다.

"유니짱……."

"네프기어! 네프기어!"

"유니짱…… 도와…… 줘……."

입 안에 짭짤한 바닷물이 흘러 들어왔다. 눈앞이 점점 어두워진다.

아아, 이제 끝이야…….

포기하려던 그때였다.

"함부로 포기하지 말라고!"

내 귓가에 유니짱의 목소리가 울려온다. 눈을 뜨자…… 어라? 밝다. 게다가 숨도 쉴 수 있다.

"정신 차려! 라이벌이 이런 오징어에게 당하다니, 인정할 수 없어!"

…… 유니짱?

유니짱이다!

은발의 롤빵 머리. 검은(노출이 쫌 많은) 코스튬. 녹색 눈동자.

틀림없어. 변신한 유니가 내 눈 앞에 있다.

오징어 다리와 함께 나를 공중으로 끌어당긴 유니짱이 정신을 차리게 하려는 듯 몇 번이고 내 뺨을 때린다. 내가 고개를 끄덕이자,

"이제 제정신이 들었어? 지금 도와 줄 테니까 조금만 더 힘내자!"

말하자마자 유니짱은 내 손을 놓고 급강하해 바닷속으로 사라졌다.

한동안 아래쪽에서 땅울림 같은 무거운 소리가 들리고, 수면에 커다란 파도가 친다.

보통 파도가 아니라 아래쪽에서 밀려오는 듯한 흔들림이었다.

그러자 지금까지 내 몸에 엉켜 있던 오징어 다리에 힘이 풀렸다.

찬스다! 나는 다시 한 번 온 힘을 다해 나를 감고 있는 다리를 잡아당긴다.

뽁뽁, 처억!

"아앙, 아파!"

몇 번째일지도 모를 눈물을 흘리며 몸에 달라붙은 흡반을 떼어내고 코스튬에 남아있는 흡반 쟈국과 바꿔 겨우 자유의 몸이 되었다.

"푸핫! 내가 한번 하면 이 정도라고! 여유!"

탄환처럼 물 속에서 올라온 유니짱이 V사인을 보낸다.

"오징어는 눈과 눈 사이가 급소거든. 녀석이 네프기어에게 집중하는 틈에 잠수해서 걷어차 줬어."

머리에서 떨어지는 물방울을 손으로 털어내며 그렇게 말하는 유니짱을 나는 끌어안았다.

"고마워! 유니짱, 좋아해!"

"조, 좋아……. 바보! 이런 때 무슨 소리야!"

유니짱이 얼굴이 빨개져서 소리 지른다.

"아직 끝나지 않았어! 녀석이 정신을 못 차리는 사이에 도망치자!"

유니짱은 나를 끌고 방향타가 망가진 배의 뒤쪽을 향해 날아갔다.

"우와아! 잠깐만!"

그렇게 말하며 바다를 바라보니 유니짱에게 얻어맞은 게 통했는지 지금까지 기분 나쁘게 꿈틀거리던 오징어 다리가 힘을 잃고 수면에 흐느적거린다. ……이건 이것대로 기분 나쁘지만.

"언제까지 끌어안고 있을 거야! 네프기어는 반대쪽으로 가.

둘이서 배를 들고 갈 수 있는 데까지 가 보자."

"우와…… 아, 알았어. 하지만 도망가다니 유니짱답지 않은데. 아까도 여유라고 했잖아."

내가 배를 붙잡고 들어올리고 있는 유니에게 말한다, 유니짱은 진지한 얼굴로 고개를 저었다.

"이거랑 그건 이야기가 다르지. 아무리 나라도 저런 걸 상대하는 건 싫다고. 트릭이 거대 전함 정도라고 말한 게 뻥도 과장도 아니란 말야."

"……본체를 봤어?"

"봤어! 솔직하게 말하면 나 혼자 배를 끌고 도망가는 게 좋았을 거라고 생각했어."

"그럴 수가!"

"됐으니까 빨리!"

진지한 얼굴에서 한층 더 나아가 무서운 얼굴로 유니짱이 말했다.

"응!"

유니짱의 지시대로 배 앞으로 돌면서 보게 된 오징어 다리는 해면에 뻗어 있는 부위만으로도 20미터는 족히 될 법한…….

확실히 저런 녀석이랑 싸우는 건 어렵겠네.

그렇지, 싸우는 것만이 길은 아니야. 정신을 못 차리는 틈을 타 자극하지 말고 조용~히 조용~히.

나와 유니짱은 힘을 합쳐 천천히 배를 들어올렸다.

"……네프기어짱 괜찮아? 도와줄까?"

담요를 덮은 채로 아직 추운 듯 꼬물거리는 롬짱이 뱃머리로 다가와 걱정스러운 듯 물어본다.

"괜찮아. 나랑 유니짱에게 맡기라고, 금세 섬으로 돌아갈 테니까.

웃는 얼굴로 그렇게 대답하고, 배 밑바닥을 두들겨 신호를 보내는 유니짱에 맞춰 조용히 해역을 벗어난다.

하지만 겨우 잡은 사냥감을 놓치는 게 아까운지, 우리들이 움직이자마자

"네프기어, 뒤에!"

뱃머리에서 고개를 내민 롬이 내 뒤를 가리키며 소리 지른다.

뒤돌아서 확인할 것도 없이 의식을 되찾은 대마왕 오징어가 뒤쫓아오는 기척이 느껴진다.

"유니짱! 서두르자!"

"안다고!"

굉장한 숨바꼭질이 시작됐다.

"오른쪽, 오른쪽에서 오고 있어!"

"……이번에는 반대쪽!"

오징어 다리가 마치 하나하나 별개의 생명체인 것처럼 움직여 사방팔방으로 우리를 덮쳐 온다.

람짱과 롬짱 둘은 어느 샌가 우리들에게 가세해 앞만 보고 있는 우리들 대신 오징어의 움직임을 알려 줘 우리는 그걸 의지해 도망쳤다!

마치 어지러운 조작을 요구하는 액션게임 같다.

전에도 이야기했지만 나, 액션게임은 잘 못하는데!

저도 모르게 울고 싶어졌지만, 오랜 시간 변신하는 데 익숙하지 않은 유니짱이 필사적으로 힘을 내고 있는 걸 생각하면 나만 소란을 피울 수도 없다.

어찌됐건 얕은 바다까지 도망가면 쫓아오지 않을 거라는 생각에 계속 날아갔다.

하지만 드디어 한계가 왔다.

내가 아닌 유니짱에게.

갑자기 앞으로 무게가 쏠리는 느낌이 들고는 날아가는 속도가 떨어졌다.

"유니짱, 힘 내!"

"쓸데없는 걱정 하지 않아도…… 된다고!"

유니짱은 내 목소리에 기세 좋게 대답했지만 아무리 봐도 괴로워 보인다.

그러는 사이에 오징어 다리가 거리를 좁혀 등 뒤에서 다가오는 기척이 느껴졌다.

태양이 가라앉고 어두운 그림자가 떨어진다. 와아앙, 다리 엄청 길잖아! 오징어 다리가 수면에서 5미터는 넘게 올라와 배를 쳐서 떨어뜨리려 하고 있다.

방금 전의 일격으로 삐걱거리는데 여기서 충격을 받으면……

그림자가 진해지고 바람을 가르는 기분 나쁜 소리가 들려온다.

이제 안되겠다고 각오를 다진 그때,

"롬짱, 가자!"

"……알았어."

"하나, 둘"

"아이스코핀!"

롬짱과 람짱이 동시에 외치는 목소리가 들리고, 남쪽 바다라고는 생각되지 않는 강렬한 냉기가 내 머리칼에 느껴진다.

위를 올려다보니 지금이라도 배를 쳐낼 것 같은 오징어 다리 두 개가 얼음 기둥이 돼 있다!

이, 이걸 롬짱과 람짱이?

"이 틈에 빨리 도망쳐!"

"……미안해. 여기까지야."

회복하자마자 무리하게 필살기를 쓴 탓에 둘 다 휘청휘청 갑판에 쓰러졌다. 변신이 풀리자 미나 선생이 서둘러 달려온다.

"둘은 내가 보살필 테니까, 지금은 한시라도 빨리 섬으로 돌아가요!"

"네! …… 유니짱, 조금만 더 힘내자!"

"누구한테…… 말하는 거야! 꼬맹이들만 폼 잡게 하고 끝낼 수 없다고!"

"바로 그거야, 유니짱! 힘내자!"

"유니, 지금은 네가 희망이야. 부탁해요!"

"유니, 힘내!"

"……힘내."

"유니, 여기가 클라이막스다! 브레이브에게 한방 먹인다는 각오로 가자고!"

모두의 마음이 하나가 되어 유니짱에게 쏟아졌다.

"모두들 그렇게 기대하면, 힘낼 수밖에 없잖아!"

순간 나에게 쏠린 배의 무게가 가벼워졌다.

"지, 지지 않아! 내가…… 내가 모두를 구해낼 거야! 바로 내가!"

배가 천천히 앞으로 나아가기 시작한다.

"유니! 유니!"

쏟아지는 함성에 부응해 유니짱은 한계를 뛰어넘어 힘을 쥐어짠다.

그 불굴의 노력이 열매를 맺어 드디어 항구가 보이기 시작했다.

조금만, 조금만 더. 정말로 조금만! 마지막으로 힘내자!

도착, 이제 도착! 도착했다!

출발할 때와 같은 장소인 제방 옆에 배를 내린다.

"큰일 날 뻔했네, 한때는 어떻게 될지 걱정했지만."

해냈다는 기분 좋은 달성감에 감싸여, 나는 이마의 땀을 닦고 배에 타고 있는 모두의 얼굴을 바라봤다.

그런데 모두들 기뻐하지 않는 표정인데…… 어라?

기분 나쁜 예감이 들어 나는 조심스레 뒤를 돌아봤다.

거기에는 이제 그만 헤어져야 할 그것이…… 보인다.

"게다가 어쩐지 늘어난 것 같은데……."

내 말에 모두 동시에 고개를 끄덕인다.

아까는 많아 봤자 세 개였던 다리가 바다 위에 네 개, 다섯 개가…….

게다가 저건 뭐지? 다리 저어~편에 보이는 검붉은 덩어리는, 굉장히 큰데?

다섯 개가 여섯 개, 일곱 개가 되어 천천히 이쪽으로 다가온다.

배에서 내려 도망치면 괜찮을 거라고 생각했지만 어째서인지 발이 떨어지지 않는다.

"아아! 바다에! 바다에!"

햇빛을 받아 꿈틀꿈틀 움직이는 오징어 다리. 멀리에서 이쪽을 관찰하는 것 같은 본체.

기분 나쁘고 비현실적인 광경에 내가 제정신을 잃고 의미 불명의 비명을 지르던 그때였다.

"우오오오오!"

굉장한 함성이 내 비명 소리를 지운다.

그것도 잘 알고 있는 목소리. 그와 동시에,

—철컹! 철컹! 철컹!

항구 전체를 뒤흔드는 발걸음 소리, 저 믿음직스러운 소리는!

"아무리 여름방학에 전국 순회 공연이 예정된 천연기념물이라고 해도, 내 학생들에게 손을 대는 자는 용서하지 않는다아아아아앗!"

브레이브 선생!

"이야아아압!"

무겁게 땅을 차는 소리가 들리고 우리들 머리 위를 커다란 그림자가 지나친다.

"브레이브 선생, 해치워!"

"……브레이브 선생, 멋지다."

"왜 이렇게 늦게 오는데…… 어쩔 수 없다니까."

거대 오징어 다리를 올려다보던 때와는 정반대로 안도의 표정을 지으며 날아가는 그림자를 바라본다.

"이 검에 걸고 교육자로의 정의를 관철한다!"

새빨간 불꽃이 일렁이는 검을 휘두르며 브레이브 선생이 다시 외친다.

"우오오오오! 불타라 나의 검! 브레이브 소드으으으읏!"

그 모습은 마치 대마왕에 맞서는 용사의 모습, 바로 그것이었다. 브레이브 더 하드의 이름에 거짓은 없다! 뭐라 할 말이 없을 정도로 멋져!

대각선으로 휘두른 불꽃의 검이 거대 오징어 다리 한 개를 깔끔하게 잘라냈다.

해냈어!

멋지다, 브레이브 선생!

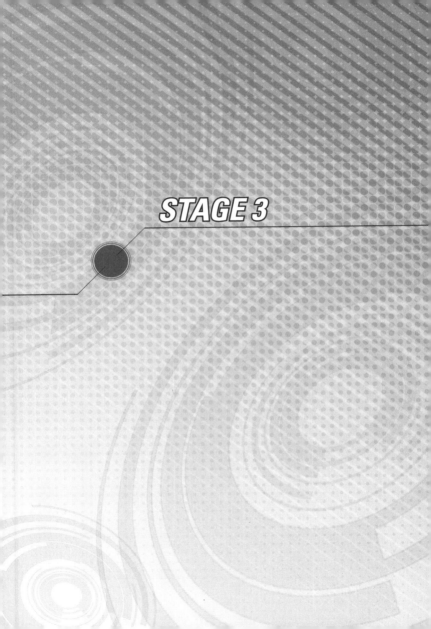

STAGE 3

1

〈그럼 '잠입 미션 포즈'를 취해 볼까요〉

빈 교실의 텔레비전에서 목소리가 들린다.

"나, 앞으로 무슨 일이 있어도 브레이브 선생을 화나게 하지 않을 거야."

그 목소리에 따라 유니짱이 포복 전진 같은 포즈를 취하면서 말했다.

그건 나도 동감이다.

지금도 그때의 광경은 선명하게 떠오른다.

포효하는 브레이브 선생, 불타는 검. 울부짖는 빔 캐논.

드디어 모습을 나타낸 초거대 촉수(오징어 다리 중에서도 제일 긴 그거 말이야). 그리고 작은 섬으로 착각할 정도의 본체.

전력으로 덤벼 오는 9개의 오징어 다리(하나는 선생이 처음에 잘랐어). 브레이브 선생의 꺾인 날개. 그럼에도 두려워하지 않고 본체로 달려드는 브레이브 선생. 마지막에는 바다의 대마왕과 섬의 교육자, 서로의 명예를 건 이들의 장대한 격투.

브레이브 선생의 초중량급 펀치가 작렬해 대마왕 오징어는 대량의 오징어 먹물을 뿜어내고 도주. 검으로 벤 것과 잡아당긴 것, 두 개의 오징어 다리(앞쪽 조금이었지만)를 양팔에 안고 돌아온 브레이브 선생……

〈다음은 '둥글게 만 고슴도치의 포즈'입니다.〉

"정말로 멋있었어. 나 다시 봤다니까!"

텔레비에서 나오는 소리에 맞춰 몸을 공처럼 둥글게 만 람짱이 즐거워한다.

"……하지만 오징어도 불쌍해."

이쪽은 롬짱.

나는 대 스펙터클 영상에 눈이 호강을 해서 앞으로 어떤 액션 영화를 봐도 놀라지 못할 것 같다. 조금은 걱정될 정도야.

〈좋아요. 그럼 다음에는 '회전하는 새의 포즈'입니다. 머리를 매트에 대고 물구나무서기를 한 뒤에 양 발을 앞뒤로 벌리세요.〉

다시 텔레비전에서 소리가 들려온다.

텔레비전에는 트레이닝복을 입은 CG언니가 설명대로 굉장한 포즈를 취하고 있다.

"여기서부터 갑자기 난이도가 올라간다니까. 이 피트니스 게임."

그, 그런 문제일까, 유니짱. 머리를 매트에 대고 물구나무서기를 하면 굉장히 힘들 것 같은데…….

해양 조사 도중에 대마왕 오징어의 습격을 받고 난 후 이틀이 지났다.

유니짱의 판단으로 재빨리 도망간 덕에 롬짱과 람짱이 추위를 견디며 설치해 준 성계형 센서는 부서지지 않았다.

게다가 오징어가 바닷속을 휘저어 준 덕분에 내가 뿌린 나노센서는 예정대로 넓은 범위에 퍼져 데이터를 모으고 있다.

지금은 트릭씨가 직원실 한구석을 빌려 열심히 데이터를 분석중이다. 여전히 섬은 더워서 트릭씨의 몸으로는 괴롭겠지만 열심히 하는 수밖에 방법이 없다.

우리들은 데이터 분석과 전송이 끝날 때까지 휴식…… 할 수도 없어서 이렇게 유니가 방과후에 자발적으로 하고 있는 '특훈'을 함께 하고 있다.

이 특훈에서 왜 이런 수수께끼의 이상한 포즈─요가라고 하는 것 같다─를 하는가 하면, 유니짱의 말로는

"목적은 집중력. 몸 밖이 아니라 호흡법과 몸 안을 단련하고 언제나 긴장을 푼 상태로 있는 게 변신을 길게 유지하는 비법이라는 걸 알아냈어."

그 방법이 이 요가인 것 같다.

이걸 계속하면 심신의 균형이 유지되고, 유니짱이 말하는 호흡법이 가능하다고는 하는데…… 진짜일까?

이틀 전의 사건으로 변신 최고 기록을 대폭 연장한 유니짱이지만, 그 절망적인 상황에서 알아낸 게 이런 결론이라는 건 조금 걱정된다. 그때 상황은 긴장을 푸는 것과는 정반대였으니까.

"……아, 다리가 아파(훌쩍)"

"안돼안돼, 안! 돼! 우리들 이런 거 안 해도 변신할 수 있

다구!"

"부탁하지도 않았는데 같이 하자고 한 건 너희들이었잖아. 불평하지 말라고. 거기다가 호흡법을 익히면 피부도 부드러워지고 언제나 젊은 모습으로 있을 수 있대."

"난…… 아직 젊고…… 피부도 자신 있는…… 데? 아야 야야!"

"아, 그리고 뭐더라…… 불사신 흡혈귀를 쓰러뜨릴 수 있어. 흡혈귀."[4]

흐, 흡혈귀랑 싸울 일은 없잖아.

〈네프기어-씨. 몸의 균형이 흐트러졌습니다. 숨을 천천히 쉬고 편안하게 있으세요.〉

모, 못해요. 언니. 못한다고요.

〈그러면 마지막으로. '드릴킥 포즈'입니다. 몸을 하늘에 띄우고 팔을 가슴 앞으로 모아 일직선으로 돌진하세요.〉

몸을 하늘로 띄우라니, 보통 사람은 절대로 못한다고요?

유니 외의 세 명이 투덜거리면서(참고로 유니짱은 드릴킥 포즈 때에만 변신을 했다. 비겁해!)요가를 계속하고 있으려니,

"……모두들 뭘 하고 있나요?"

미나 선생이 의아한 표정으로 교실에 들어왔다.

"트, 특훈?"

---

4 죠죠처럼 파문을 익히는 겁니다. 물론 흡혈귀와 싸울 일은 없겠지만…….

"왜 의문형인가요?"

그건 제가 묻고 싶네요. 미나 선생님.

내가 애매한 웃음을 짓고 있으려니

"뭐 상관없지만요……. 끝나면 모두 직원실에 모여 주세요. 내일부터 하는 오오토리이 산 조사를 설명해 줄 테니까요."

안경줄을 잡고 고개를 절레절레 흔들며 미나 선생이 말했다.

II

"그러고 보니, 오오토리이 산은 아직 올라가본 적이 없네."

건네 받은 지도를 보며 나는 말했다.

지도에는 '오오토리이 섬 관광 협회'라는 글자가 들어가 있고, 산의 화초와 동물들의 사진이 함께 실려 있다.

완전히 섬에 방문하는 관광객을 위한 팸플릿이었다.

"조사는 이 하이킹 코스를 따라 진행할 거예요. 산꼭대기까지 루트를 따라 올라가는 도중에 각 장소에 관측 센서를 설치하거나, 동물용의 먹이에 섞인 나노센서를 뿌리면서 갑니다. 마지막으로 산꼭대기의 바위를 자료용으로 몇 개인가 채집하면 끝이에요."

내가 가지고 있는 것과 같은 팸플릿을 확대해 화이트보드에 붙인 미나 선생이 '추천 산책 루트'라고 색이 칠해져 있는 루트를 교편으로 짚어가며 설명했다.

"관광객용의 팸플릿 코스라니……. 그렇게 간단해도 되는 거예요? 바다 때와 비교하면 쉬울 것 같은데요."

유니짱이 손을 들고 김이 빠진다는 듯 질문한다.

"그 질문에는 이 몸이 대답하지. 오오토리이 산은 말하자면 이 섬 그 자체. 대륙 전체를 통틀어도 귀중한 활화산이기도 하고, 옛날부터 그 지질과 특성은 여러 학술 기관이 조사하고 있지."

"우리는 보충할 데이터를 가져오면 되는 거네요?"

"그렇지, 간단하지?"

"그러니까 말하는 거잖아요. 너무 간단해요."

트릭씨의 말에 유니짱이 입을 삐죽 내민다.

"간단하니까 좋지 않아? 그때처럼 힘든 것보다야."

내가 그렇게 말하자

"죽음의 위기에 처해서 변신의 극의를 터득했다고. 계~속 앞으로 달려가는 언니를 따라잡기 위해서는 좀더 엄격한 환경이라야……."

나를 향해 손가락질을 하며 유니짱이 대답했다.

"……으음, 그런 걸까. 나는 가능하면 변신하고 싸우지 않아도 된다면 그렇게 하고 싶은데."

롬짱과 람짱은 어떻게 생각하냐고 물어보니,

"나는 변신하는 게 즐거워! 굉장한 마법도 쓸 수 있고, 엄청 강해지고."

"……하늘도 날 수 있고."

두 사람다운 순수한 답변이 돌아왔다.

하지만 그러면…….

"안 돼요. 그렇게 가벼운 마음으로 여신화하면 안 되죠!"

미나 선생이 엄격한 목소리로 람짱과 롬짱을 꾸짖는다.

"이번에는 특별 사례인 거예요. 마제콘느 학장이 말해서 어쩔 수 없이 허가한 거라고요. 무사히 모든 게 끝나면 다시 여러분들의 변신 능력을 봉인할 거예요."

싫어어, 재미없어, 너무해. 우~~~.

람짱과 롬짱이 격렬하게 항의하지만 미나 선생은 꿈쩍도 하지 않는다.

"안돼요. 좀 더 몸과 마음을 가다듬고 성장해 사람들의 도움이 될 때까지는 내가 허락하지 않아요. 재미로 사용할 힘이 아니니까요."

"가다듬었다고. 아까도 유니짱이 가르쳐 준 요가를 했는걸!"

"안 된다면 안 되는 거예요."

"우와앙! 미나짱 바보!"

어라라라라.

내, 내 탓인가? 생각지도 못한 상황이 되어 당황하고 있으

려니

"니시자와 선생. 그 이야기는 다음 기회에 하기로 하죠. 어린 여자아이들이 의욕에 넘쳐 있는데 찬물을 끼얹으면 안 된다고 생각합니다."

이렇게 말해도 될지 모르겠지만…… 그…… 그렇게나 벼, 변태 같았던 그때 모습은 어디론가 사라지고 잘나 보이는 말투만큼이나 믿음직한 아저씨로 변한 트릭씨가 미나 선생을 달랜다.

"그러니까 왜 여자아…… 여성 한정인데요?"

"뭐어뭐어 니시자와 선생."

"뭐어뭐어가 아니라고요. 아무리 브레이브 선생의 친구라고 해도 교육 방침에 이의를 제기하는 건 솔직히……."

으아아아아.

또 다른 방향으로 나간다…….

"저기, 미나 선생도 트릭씨도 그쯤 해 두세요. 그것보다 조사는 언제 시작하나요?"

수습을 해야 될 것 같아 두 사람의 대화에 끼어든다. 그제서야 조용해졌다. ……후우.

겨우 수습했으니까 람짱도 트릭씨 뒤에 숨어서 그렇게 뚱해 있지 말고, 응? 응?

"……출발은 내일 아침이에요. 이번에는 다른 반 친구들도 같이 자연과학 야외 수업으로 진행할 거예요. 여느 때와 같은 등교 시간에 학교에 모여 주세요. 알았죠?"

교편을 거두고 미나 선생이 모두의 얼굴을 바라본다.

그리고 뭔가 질문은 없느냐는 물음에 나는 손을 들었다.

"네, 네프기어."

"학교 아이들도 온다면 내일은 브레이브 선생도 같이 오는 건가요? 바다에서의 일도 있었고……."

"그러고는 싶지만 지난번 대마왕 오징어와의 싸움으로 하늘을 나는 윙이 파손돼서, 이번에도 학교에 남아 있을 거예요. 수리에는 시간이 걸릴 것 같다네요."

어쩔 수 없네요 라는 공기가 직원실에 퍼졌다.

"그리고 오래간만에 온 힘을 다해 싸워서 온몸에 근육통이 생겼다고……. 심하지는 않지만 걸어서 산을 오르는 건 피하고 싶다는군요."

한 순간 그 분위기가 애매하게 바뀌었다.

"그, 근육통?"

얼굴을 일그러뜨린 유니짱이 웃는 건지 화난 건지 모를 이상한 얼굴로 말했다.

아마 나와 비슷한 걸 생각했겠지.

브레이브 선생의 몸은 기계 아니었나.

"왜 그래요? 모두들 이상한 얼굴로. 그럼 이만 돌아가도 돼요. 오늘은 빨리 자고, 내일 지각하지 않도록 하세요."

자신이 했던 말에 전혀 의문을 품지 않는 듯한 표정으로 미나 선생이 말했다.

결국 우리들은 그 이상 아무 딴지도 걸지 않고 직원실을 뒤로 했다.

그건 그렇고 바다 다음에는 산이라.

오오토리이 섬의 자연을 만끽하는 건 좋지만 느긋하게 지낼 수 없는 건 조금 아쉽다.

조사를 빨리 끝내고 다음에 올 때는 언니와 함께 마음껏 쉬고 싶어.

그걸 위해서라도 내일 조사는 반드시 성공해야지.

지금쯤 언니 일행은 정글 같은 곳에서 열심히 힘내고 있겠지. 유니짱 만큼은 아니지만 나도 언니에게 칭찬받으면 기쁘고, 질 수 없다는 마음도 확실히 조금은…… 있어.

좋았어, 화산 조사. 힘내서 가 보자!

속으로 결의를 다진 나는 직원실을 나와 유니와 롬, 람에게 말했다.

"저기, 내가 묵고 있는 숙직실에 오지 않을래? 나 오오토리이 산에 대해 너희처럼 자세히는 모르거든."

Ⅲ

"……으음, 오오토리이 산은 표고 777미터로 칼데라상 지형에 1.5 킬로미터. 주변의 식생은······."

"네프기어짱, '식생'이 뭐야?"

"그 땅에 어떤 식물이 자라는가 하는 거야. 롬짱, 오오토리이 섬에는 어떤 식물이 있을까?"

"······. 으음. 꽃. (생긋)"

"꽃이라······. 좀 더 자세히 가르쳐 줄래?"

"예쁜 꽃. 빨간색이랑 노란색. (생글생글)"

도서관에서 빌린 오오토리이 산에 대한 책을 펴고 메모를 하는 중에 롬짱이 다가왔다.

작은 좌식 책상에서 나와 마주보며 양손을 뺨에 대고 내 메모지를 흥미진진하게 바라보고 있다.

"······내 정보, 도움이 됐어? (두근두근)"

"물론이야. 제대로 메모해 둘게. 오오토리이 산의 식생은 빨간색과 노란색의 예쁜 꽃입니다······."

"······다행이다. (생긋)"

즐거운 듯한 롬짱 앞에서 내가 볼펜으로 메모를 하고 있자

"진짜로 성실하다니까. 그렇게 열심히 메모도 하고."

람짱과 둘이서 숙직실의 작은 텔레비전에 연결된 게임기로 놀고 있던 유니짱이 이쪽을 보며 말했다.

"아, 게임 끝났구나. 가르쳐 줬으면 하는 게 있는데."

롬짱의 정보도 귀엽고 재미있지만, 이것만으로는 안 될 것 같아서 내가 노트의 공백을 가리키며 말하자,

"그렇게 책이랑 노트에만 의지하면 머리만 커진다고, 네프기어는 좀 더 몸을 움직여서 생각하는 게 좋을 것 같아."

라고 조금 어이없다는 듯이 손을 펼쳐 보였다.

그러자 게임 컨트롤러를 놓은 람짱도 돌아보며,

"또 그러네. 유니짱도 그렇게 맨날 언니인 척 하고."

유니짱의 옆구리를 푹푹 찌른다.

"뭐, 뭐야. 나는 그저……."

"나, 알고 있어. 유니짱, 지난번 테스트 때 네프기어가 섬에 남겨두고 간 노트를 보면서 공부한 거."

"으앗! 왜 네가 그걸 알고……."

"알고 있냐고?"

"……가 아니라! 안 했어! 그런 거 안 했다고 말하려던 거야!"

"거짓말."

"거짓말 아니야!"

"둘 다 진정해, 진정해."

끓어오른 유니짱과 장난스레 히죽거리는 람짱 사이에 끼어 나는 오늘 두 번째로 수습 역할.

"유, 유니짱이 말하는 것도 알 것 같아. 나도 이것저것 생각을 너무 많이 할 때가 있으니까. 하지만 이번에는 브레이브 선생이 도와주러 오지 못하잖아? 그러니까 무슨 일이 일어나도 문제없도록 가능한 한 준비를 하고 싶어서 그래."

유니짱의 머리에 열이 오르면 보냉 패드라도 사용할 심산으로 내가 부드럽게 이야기했다.

"……네프기어가 말하는 것도 일리는 있어."

"그, 그렇지? 지난번처럼 선생에게 의지하기만 하면 언제나 언니를 따라잡을 수 없을 것 같고."

유니짱에게 먹힐 것 같은 이야기를 섞어 나는 다시 설득했다.

예상대로 반응을 보이는 유니짱. 손에 턱을 괴고 흐음 한숨을 쉰다.

"확실히 그렇네. 그때의 실패는 마지막에 브레이브 선생의 힘을 빌려서 그런 거니까. 아마…… 분명히 언니들이라면 그 위기도 자신들의 힘으로 극복했을 거야."

유니짱의 말을 듣고 나는 다시 생각해 본다.

플라네 타워에서의 싸움에서 기억을 잃은 언니를 도와주려 했지만 마지막에는 언니에게 의지했었지.

만일 언니가 대마왕 오징어와 마주쳤다면 어떻게 했을까? 변신해서 해치웠을까? 보통 때라면 그랬겠지만 언니라면 대마왕 오징어와 사이좋게 지낼지도… 모르겠어.

"왜, 왜 그래 둘 다? 갑자기 고개를 끄덕거리고, 이상해."

"……소중한 정보, 모자란 거야? 아직 뭔가 있어?"

갑자기 얼굴을 맞대고 고개를 끄덕이는 나와 유니짱을 보고 람짱과 롬짱이 의아한 얼굴로 물어 온다.

두 사람의 걱정을 받아가며 한동안 고개를 끄덕인 후,

"……예습은 중요하지, 언니도 그렇게 말했고."

"언니처럼 상황에 맞춰 무언가를 하는 능력은 없지만…… 데이터에 근거한 대책을 세우는 건 가능하다고!"

나와 유니짱은 동시에 입을 열었다.

그리고 다음날 아침.

이번에는 항구가 아니라 학교 교실에 모인 우리들은 미나 선생의 인솔하에 오오토리이 산의 하이킹 코스로 향했다.

예습의 소중함을 깨달은 유니짱과 함께 밤늦게까지 노력한 탓에 조금은 졸립다.

하지만하지만, 그런 보람이 있어 나와 유니짱의 예습 노트는 완벽했다.

어떤 관광 가이드북에도 지지 않을 정도로 꽉꽉 채운 노트를 한 손에 들고 우리들은 나아간다!

반 친구들 모두와 협력해 관측 센서를 설치하는 한편, 예전 체험 입학 때처럼 진행되는 미나 선생의 수업에도 예습 노트는 대활약.

"작년의 등산 수업에서는 식물에 대해서 공부했지만, 오늘은 산에 대해서 공부하도록 하겠어요. 오오토리이 산은 모두들 잘 알고 있는 것처럼 화산인데요. 화산이 분출할 때 거기에 생기는 사발과 같은 지형을……."

"네! 칼데라라고 합니다!"

"……마, 맞아요. 유니, 잘 알고 있네요."

"예습했어요!"

"그, 그럼 칼데라의 녹색 부분은……"

"외륜산이라고 합니다!"

"저, 정답이에요. 네프기어."

"예습했어요!"

응, 좋았어.

반 친구들도 '오오' '굉장하다'라는 감탄사가. 처음에는 무슨 일이 일어난 건가 싶어 눈을 깜박이던 미나 선생도 우리들의 열의가 진짜란 걸 알고서는,

"굉장하네요. 이렇게 제대로 공부를 해 오다니 저는……. 저는 정말이지 너무 기뻐요."

눈물을 글썽일 정도로 감격했다.

그 뒤에도 나와 유니짱의 진격은 멈추지 않았다. 미나 선생이 내는 문제에도 전부

'이거 학원에서 풀었던 거였지!'

라는 느낌으로 클리어.

그래, 지금의 우리들이라면 '공부도 데이터 수집도 둘 다 힘낼 수 있어!'라는 학습만화를 그릴 수도 있을 것 같다.

아, 하지만 데이터 수집은 어제 트릭이 말한 것처럼 근처의 땅바닥이나 나무에 센서를 설치하거나 산에 살고 있는 동물

용 먹이에 넣은 나노센서를 뿌리거나 하는 것. 같은 작업이라도 놀이처럼 하니 즐거웠다.

최근의 이상할 정도의 더위도 오늘은 진정돼 날씨도 딱 좋고, 차갑고 어두운 바다 밑에서 고생했던 것과는 천지차이다.

만나게 되는 동물들도 그로테스크한 심해어와는 다르게 귀여운 새들이라 나도 모르게 사진을 찍게 된다.

롬이 준 정보인 빨간색과 노란색 꽃이구나. 찰칵찰칵.

데이터 수집도 미나 선생의 야외 수업도 순조롭게 진행돼, 이제 조금만 있으면 정상에 올라 표본을 주워 돌아오기만 하면 되는 상황이었다.

먼저 도시락을 먹고 영양보충을 하자는 말이 나와 마침 정면에 오오토리이 산 정상, 아까 대답했던 외륜산 부분의 산등성이가 예쁘게 보이는 곳에서 돗자리를 펼치고 점심을 먹고 있으려니,

"방금, 뭔가 흔들리지 않았어?"

미나 선생이 우리를 위해 아침 일찍 일어나 준비한 도시락을 포크로 가리키며 유니짱이 이상한 말을 꺼냈다.

"서, 설마 내가 놀란 틈을 타서 전부 냠냠…… 하려는 건 아니겠지?"

처음에는 장난이라고 생각해 흘려 넘겼지만,

"그렇게 먹보는 아니라고! 농담이 아니야. 잘 봐. 찬합이 겹쳐진 부분이 덜그럭거리잖아."

진지한 표정으로 유니짱이 말한다.

그럴 리가, 찬합이 살아 있는 것도 아니고.

내가 차가 들어간 종이컵을 손에 들고 웃자,

"여기 봐! 컵 안을 보라고."

정말로 진지한 표정으로 유니짱이 종이컵을 가리켰다. 그제서야 나는 장난이 아니라는 걸 알고 안을 들여다봤다.

그리고 알게 되었다.

컵에 80% 정도 차 있던 차가 파도치는 것처럼 흔들리고 있었다.

말해 두지만 컵을 들고 있던 내 손이 떨리는 건 아니니까. 그냥 들고 있었을 뿐인데, 어째서지…… 라고 생각한 순간

────두웅!

지면 아래에서 무언가 솟아오르는 듯한 느낌이 들더니 낮은 땅울림과 함께 우리들의 발밑이 흔들리기 시작했다.

"지, 지진이에요! 모두들 지면에 손을 대고 자세를 낮추세요!"

미나 선생이 소리친다. 그와 동시에

"모두들! 저걸 봐! 산 정상!"

산을 보고 있던 람짱이 소리쳤다.

미나 선생의 지시에 따라 자세를 낮추고 있던 우리들은 일

제히 람짱의 말에 반응해 오오토리이 산을 올려다봤다.

"……저건…… 네프기어!"

무언가를 깨달은 듯, 유니짱이 나를 바라봤다.

나는 아무 말 없이 고개를 끄덕인다.

지금까지 보이지 않았던 연기가 산 정상에서 피어오르고 있었다.

처음에는 하늘 높은 곳에 떠 있는 구름이랑 같은 색과 농도였던 연기는 우리들이 보고 있는 앞에서 색이 진해져 검은색에 가까운 회색으로 물들어 간다.

이 상태가 의미하는 건 단 하나. 유니짱도 그걸 알고 나에게 동의를 구한 거겠지.

"미나 선생! 지금 건 지진이 아니에요. 분명히 화산성 미동…… 오오토리이 산이 분화하는 징조에요!"

나는 아이가 기어가는 것처럼 엉금엉금 미나 선생에게 기어가 이야기했다.

"네프기어, 아무리 예습이 완벽하다고 해도 화산의 분화라니……."

내 절박한 모습에 한 순간 당황스러운 표정을 짓는 미나 선생.

하지만 곧바로 자기자신을 진정시키려는 듯, 흔들려 비뚤어진 안경을 바로잡으며 짐짓 모두에게 말하기라도 하는 것처럼 천천히 이야기했다.

"괜찮아요. 알겠죠, 여러분들. 화산이 분화할 때에는 그 전조가 되는 현상이 일어나요. 오오토리이 산에는 화산 분화의 전조를 관측하기 위해 오늘 여러분들이 설치한 것 같은 기계가 많이 있어서……."

아무 전조 없이 갑자기 화산이 분화하는 일은 거의 없다.

마나 선생이 말하고 싶은 건 이런 거겠지. 쓸데없는 불안감을 모두에게 퍼뜨리지 말고 아이들을 진정시킨 뒤 행동하자는 선생다운 판단.

내가 도서관에서 빌린 책에도 그런 이야기가 있었다.

하지만 눈앞에는 책에 적혀 있는 것과 같은 연기가 올라오고 있다. 미나 선생의 마음과는 반대로 사태는 빠른 속도로 진행되고 있다.

――두두둥.

미나 선생이 말을 끝내자마자, 다시 충격이 전해진다. 아까보다도 강한 흔들림이!

모두의 비명 소리가 들려온다.

"지, 진정해요! 여러분들. 진정해요!"

필사적으로 소리치는 미나 선생의 어깨 너머로 산꼭대기의 상황을 살펴본 나는 분명히 보았다.

검고 길게 뻗은 연기가 한 순간 옆으로 확 퍼지며 그 속에서 작은 섬광이 튀어 오르는 순간을.

진한 연기 아래, 마치 성난 드래곤이 입을 열고 혀를 날름 대는 것처럼 오렌지색 빛이 보이고는 사라지는 모습을.

그리고, 그 연기 속에서 튀어 올라 사방팔방으로 흩어지는 거대한 덩어리, 그 중 몇 개인가가 우리들에게 날아오는 것을!

"네프기어! 어디로 가는 거예요?"

정신을 차려 보니 나는 자리에서 일어나 달려가고 있었다. 10미터 정도를 달려 점프와 동시에 변신!

온몸을 코스튬으로 감싸고 내 의지에 응하듯이 하얗게 빛 나는 M.P.B.L.의 포신이 손 안에서 형태를 만들어 간다.

"M.P.B.L. 원거리 전투 모드! 리밋 설정은 생략!"

실체화된 M.P.B.L.의 무게를 확인한 순간, 나는 망설이지 않고 방아쇠를 당겼다.

IV

섬광이 날아간다.

M.P.B.L.이 뿜어낸 빔이 직격으로 날아온 화산탄 하나를 그 자리에서 증발시킨다.

척 보기에는 커다란 수박 정도의 크기였으니까. 저런 게 모 두가 있는 곳에 떨어졌을지도 모른다고 생각하니 식은땀이 흐른다. 타이밍이 맞아 다행이야.

하지만 기뻐하고 있을 때가 아니다.

날아온 덩어리가 분화 때 튕겨 나온 화산탄이라는 걸 알 수 있었건 건 어제 예습 덕분이었지만……. 설마 정말로 도움이 될 줄이야. 조금은 복잡한 기분이다.

그런 생각을 하고 있는 사이에도, 기세 좋게 올라오는 연기 속에서 계속해서 화산탄이 쏟아진다. 아직 보이지는 않지만, 화구 근처는 엄청나겠지.

"미나 선생, 빨리 도망쳐요. 여기는 위험해요!"

내가 뒤를 돌아보며 말하자. 두려워하는 아이들을 달래며 핸드폰을 귀에 대고 있던 미나 선생이 포기하듯 고개를 저으며 전화를 끊는 것이 보였다.

"전화가 걸리지 않아요. 이래서야 구조 요청을 할 수도……."

그럴 수가…… 어쩌지.

미나 선생의 답변에 나는 어깨를 늘어뜨렸다. 그 순간 마치 노리기라도 한 것처럼 다시 커다란 화산탄이 날아온다.

"네프기어! 뒤쪽이야!"

유니짱의 목소리에 나는 다급하게 M.P.B.L.을 연사해 어찌어찌 떨어뜨렸다. 위, 위험했어.

"롬짱! 람짱! 변신해. 너희들도 도와 줘야지!"

다시 유니의 목소리가 들렸다.

"좋았어!"

"……알았어."

세 갈래의 빛이 퍼지더니 변신한 세 명이 나를 감싸듯이 달려온다.

"그런데 도와 달라니, 뭘 하면 돼? 유니짱?"

"우리가 다른 애들을 옮기면 돼?"

나와 람이 동시에 유니짱에게 물어본다.

"아아, 한꺼번에 말 걸지 마! 잠깐만 기다려, 생각해 볼게!"

"……분명히 학교에서도 폭발한 게 보일 거야. ……브레이브 선생을 부를까? (우물쭈물)"

한 박자 늦게 롬이 말을 꺼내자 유니는 고개를 젓는다.

"전화는 걸리지 않는다고 했어. 브레이브 선생이라면 지금쯤 걸어서 이쪽으로 오고 있을지도 모르지만. 하지만 그때까지 기다릴 수는 없어."

"그러면 어떻게 하지? 역시 람짱 말대로 우리가 모두를……."

"미나 선생까지 해서 우리들이 한 사람당 두 명이나 세 명을 동시에 운반해야 돼. 구멍 그물도 없이 떨어뜨리지 않을 자신은 있어?"

"……아니."

내가 떨어뜨리려 하지 않아도 달라붙은 사람이 힘이 빠질 수도 있고, 세 명을 안고 가는 도중에 화산탄이 날아온다면 피할 수 없다.

"괜찮아, 괜찮아! 우리가 미나 선생은 아니지만 이럴 때야 말로 침착해야지. 뭔가 좋은 방법이 있을 거야."

그렇게 말하며 유니짱이 목덜미 주변을 긁적였다.

유니짱, 전혀 냉정하지 않잖아.

아아, 어떻게 하지. 어떻게······.

조바심을 내면 낼수록 머리가 돌아가지 않아 나는 망연자실한 채 그 자리를 빙빙 돌고 있었다.

이러는 사이에도, 분화는 점점 강해지고 있다.

산에서 커다란 진동음이 울리고, 그때마다 공기와 땅이 떨려 온다.

바다에서는 심해의 거대 오징어. 산에서는 화산 분화. 아무리 우연이라고 해도 이럴 수 있나? 우리들이 하는 일을 누군가가 방해하는 것만 같다.

아아, 그때처럼 모두를 태울 만한 배 같은 게 있다면······.

그렇게 생각한 순간, 갑자기 내 머릿속에 떠오른 생각이 있었다.

배······ 그렇지, 배다!

생각이 떠오른 건 나와 유니짱이 끌고 가던 어선을 오징어가 쳐서 떨어트리려고 했을 때 롬짱과 람짱이 협력한 일격, 한 순간에 오징어 다리를 얼려 버린 그 방법이다. 그걸 사용하면 어쩌면!

"그래! 그래! 생각났어! 생각났다고! 내 얘기 좀 들어 봐!"

여전히 발을 동동 구르며 나는 기세 좋게 손을 들고 말했다.

"얼음! 얼음이야! 롬짱과 람짱이 마법을 써서 얼음으로 만든 배…… 아니, 배가 아니라도 좋아, 욕조 같은 걸 만들어서 그 안에 모두를 태우고 아래까지 옮기면 되지 않을까?"

내 말에 롬과 람, 유니가 '오오!' 하고 고개를 끄덕인다.

"나이스 아이디어, 네프기어! 그렇게 하자. 이름하여 얼음 방주 작전! …… 그러면 롬, 람! 빨리 얼음! 얼음을 만들어!"

유니짱이 옆에 있던 롬짱과 람짱의 등을 떠밀며 이야기한다.

"알았어! ……하지만 욕조처럼은 못 만들지도."

"생각한 게 있어. 어려운 형태가 아니라도 되니까 모두가 탈 수 있을 만한 커다란 얼음 덩어리는 만들 수 있지? 그걸로도 괜찮으니까."

" 그, 그거라면……. 할 수 있지? 롬짱."

"……응, 할 수 있어.(반짝)"

그럼 부탁이야! 빨리! 유니짱이 손뼉을 치는 걸 신호로 롬짱과 람짱이 그 자리에서 떨어져 5미터 정도의 거리에서 서로를 마주본다.

쌍둥이의 이심전심으로 두 사람은 마치 거울을 마주한 것처럼 동시에 양손을 머리위로 올리고 "하나, 둘!" 하며 구령을

외친다.

그리고 다시 기세 좋게 양손을 내린다. 그 순간, 주변의 온도가 그에 맞춰 순식간에 낮아진다.

예전 사회과 견학에서 항구에 있는 커다란 냉장고 안에 들어갔을 때처럼 목덜미와 어깨에 한기가 느껴지면서 롬짱과 람짱 사이에 얼음덩어리가 생겨난다.

마침내 주변의 길이는 3미터에서 4미터, 높이는 올려다봐야 할 정도의 거대한 얼음덩어리가 완성됐다.

"그럼 그쪽에 있어 줘. 다음은 네프기어 차례야!"

상상했던 것 이상으로 굉장하다고, 한 순간 긴박한 상황인 것도 잊어버리고 얼음덩어리를 바라보고 있으려니 유니짱이 내 어깨를 두드린다.

"응? 나?"

"그래, 설마 그 미끈미끈 평평한 얼음에 모두를 태울 생각은 아니겠지? 그 M.P.B.L.로 얼음을 파내라고."

그렇구나, 굉장해 유니짱.

처음부터 욕조 모양으로 만드는 건 어렵지만, 이거라면…… 좋았어. 나에게 맡기라고! 나의 M.P.B.L.로 예술적으로 파낼 테니까!

나는 얼음 위로 올라가 겨우 만든 얼음을 부수지 않도록 주의하면서 얼음 위에 빔을 쏴 구멍을 만들었다.

"근접전 모드!"

내 외침에 근접전 모드로 변환한 M.P.B.L.의 블레이드로 블록을 파내기 시작한다. 시간이 없어. 서두르자!

예술적으로, 라고 말하기는 했지만 세세한 부분까지 신경을 쓸 여유는 없었다. 목욕탕의 커다란 욕조 정도 크기일까, 미나 선생과 반 친구들이 전부 탈 수 있을 정도로 판 다음에

"미나 선생! 모두들! 빨리 이쪽으로 오세요!"

유니짱이 이름 붙인 '얼음 방주' 위에서 나는 소리쳤다.

서로 분담해서 어린 아이들부터 방주에 태우고, 마지막에 미나 선생을 태우고 나서

"마지막은 내 차례야!"

후우, 하아.

유니짱이 심호흡을 하고는, 얼굴 앞에서 양손을 쥐었다 폈다 한다.

"유니짱, 뭐 하는 거야?"

"이렇게! 이야아아압!"

기합 소리와 함께 유니짱의 손가락이 얼음 방주의 아래쪽을 찌른다. 그리고는 그대로

"하아아압!"

한층 기합을 더해 무거운 얼음 방주를 한 번에 머리 위로 들어올린다.

"이렇게 손가락으로 찌르면 손이 미끄러질 걱정이 없겠지. 그럼 동상에 걸리기 전에 빨리 도망가자."

방주를 끌어안은 유니짱의 몸이 둥실 떠올랐다.

"롬과 람은 위쪽을 지탱해 줘. 네프기어는 이쪽으로 날아오는 거나 방해하는 게 있으면 저격해 주고."

"아, 알았어!"

"응, 좋았어. 가자 롬짱!"

"……응."

문자 그대로 일치단결 연계 플레이였다.

유니짱이 옮기고, 롬짱과 람짱이 방향을 조정하고 나는 계속해서 날아오는 화산탄을 저격해 떨어뜨린다.

내 입으로 말하기는 좀 그렇지만, 우리들 굉장한데?

언니에게도 브레이브 선생에게도 의지하지 않고 우리 힘으로 모두를 도와줄 수 있었어!

언니는 분명 기뻐하겠지.

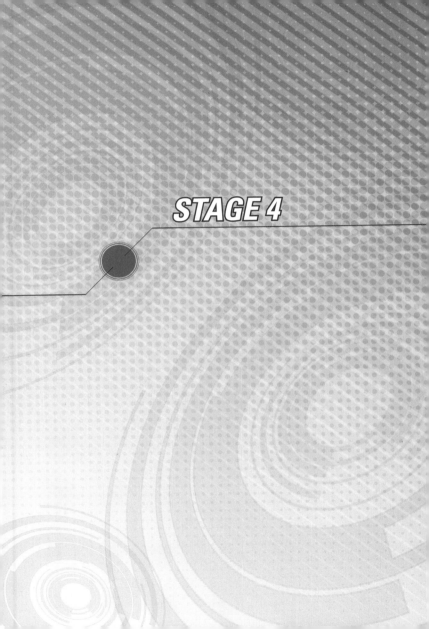

STAGE 4

1

"잘했다! 정말로 잘했어 네프기어, 유니, 롬, 람. 나는…… 정말 기쁘구나!"

네 명이 협력해서 옮겨온 '얼음 방주'를 분교의 운동장에 내리고 반 친구들 모두를 무사히 가족의 품으로 돌려보냈다. 그런 우리를 칭찬해 준 사람은 브레이브 선생이었다.

나중에 들은 이야기지만, 역시 유니짱이 말한 대로 브레이브 선생은 오오토리이 섬이 분화한 순간 산으로 달려가려 했다.

그걸 말린 건 트릭씨라고 한다.

"마음은 알겠지만, 섬사람들이 피난해 올 때 학교 관계자가 없으면 어떻게 해? 그 사람들을 무사히 보호하는 것도 중요한 일이잖아. 걱정하지 말라고. 그 아이들은 강해. 직접 싸워 본 적이 있는 내가 말하는 거니 믿어 봐"라고.

피난이라고 하니 말인데, 만약 오오토리이 산이 분화한다면 분교를 피난처로 하기로 법률로 정해져 있다고 한다.

실제로 우리들이 돌아왔을 때에는 많은 사람들이 분교에 모여 있었다.

그 중에는 같이 하이킹 코스를 걷고 있었던 반 친구의 아버지와 어머니도 있었어. 모두들 울면서 고맙다고 인사했어.

겨우 아이들을 맞이하러 온 부모님들께 넘기고 우리들이 모여서 변신을 풀었을 때, 터벅터벅 다가온 브레이브 선생이 그렇게 말해 주었다.

나는 몇 번이고 사람들에게 감사 인사를 받는 바람에 움츠러들어 내 뒤에 숨은 유니짱을 밀며

"나랑 롬짱, 람짱에게 지시를 내리고 지휘한 건 유니짱이에요."

라고 말했다.

"유니가? ……그렇구나. 잘했어."

브레이브 선생이 커다란 검지손가락으로 살짝 유니의 머리를 쓰다듬자,

"벼벼, 별로 선생님한테 칭찬받고 싶은 건 아니라고……. 그리고 처음에 아이디어를 낸 건 네프기어니까. 나만 칭찬을 받는 건……."

얼굴이 새빨개진 유니는 어물거리며 다시 내 뒤에 숨으려고 했다.

이건 설마, 설마…… 부끄러워하는 건가?

라고 생각하고 있으려니 조금 떨어진 곳에서는,

"왜, 왜 그래? 미나짱. 그렇게 끌어안으면……."

"……숨막혀."

"괜찮아요…… 조금만 이렇게……."

'모두의 선생'의 얼굴에서 '보호자'의 얼굴이 된 미나 선생

이 롬짱과 람짱을 양손에 꼬옥 끌어안고 있다.

브레이브 선생도 미나 선생도 계속 돌보던 제자가 큰 사건을 무사히(이게 중요!) 해결해서 기쁘고 자랑스럽겠지. 분명해.

가능하다면 이 감동에 흠뻑 젖어 있고 싶지만 지금은 그럴 수 없는 것 같다.

"아직 여기에 있는 거야? 위성 회선을 통해 본토와 연락이 닿았어. 빨리 직원실로 와 줘."

숨을 헐떡이며 달려온 트릭씨의 목소리가 우리들을 현실로 돌아오게 했다.

"……알았어요. 너희들도 같이 오렴. 브레이브 선생, 계속해서 주변의 정찰과 섬사람들의 피난을 부탁드릴게요!

"알았어. 그쪽은 니시자와 선생에게 맡기죠."

선생의 얼굴로 돌아온 미나 선생이 그렇게 말하자, 우리들은 브레이브 선생을 운동장에 남기고 직원실로 향했다.

"아무래도 큰일이 일어난 것 같네요."

"먼저 그쪽의 상황을 설명해 줘."

직원실의 트릭씨 자리에 있는 컴퓨터 화면에는 잇승씨와 마제콘느 선생…… 이 아니라 매직씨의 얼굴이 비치고 있다.

"와. 요정이다!"

"……귀여워라. (생긋)"

"그런데 누구시죠?"

"학원 관계자인가요?"

잇승을 처음 대면한 미나 선생과 유니짱, 롬짱, 람짱에게, 나는 그녀가 이 학원의 이름이기도 한 잇승씨…… 지상에서는 '이스투아르님'이라는 걸 전했다.

그때 모두가 놀라는 모습은 정말 굉장했지만, 자세하게 설명할 때가 아니라 일단 생략.

충격이 지나가고 겨우 진정이 되자,

"천계의 여자아이는 그렇다 치고, 너는 왜 거기 있는 거야? 마제콘느 선생은?"

트릭씨가 입을 열었다.

"불만이야?"

"내가 언제 그렇게 말했어? 너도 이왕 제정신으로 돌아왔으면 나를 본받아서 살갑게 굴라고. 그래서야 오해가 풀리지 않잖아."

"쓸데없는 얘기 하지 마. ……마제콘느 선생은 넵튠 일행이랑 같이 있어서 내가 대리로 이야기를 듣게 됐어. 쓸데없는 얘기 하지 말고 빨리 시작해."

와, 무섭다!

마음을 빼앗기기 전에도 매직씨는 원래부터 쿨한 성격인 것 같아.

"매직은 학창 시절에 우리들의 리더였지. 그때는 좀 화려하게 놀았거든. 흔히 이야기하는 스케반[5]이라고나 할까?"

몸을 움츠린 내 귀에 트릭씨의 목소리가 들려왔다.

"스, 스케반…… 인가요."

역시 긴 교복치마를 입거나 실 대신 쇠사슬로 만든 요요를 휘두르……는?[6]

"당시에는 학원도 지금처럼 크지 않아서 교사였던 마제콘느 선생과는 그야말로 장렬한……."

"……트릭."

꺄, 꺄악!

이런 걸 '위협적인 목소리'라고 하는 거로구나.

나라면 아무리 화가 나도 절대로 나오지 않을 것 같은 목소리로, 디스플레이 안의 매직이 트릭을 노려본다.

나뿐만이 아니라 롬짱도 "꺄악!"이라고 눈물을 글썽일 정도로 박력이 느껴진다.

"알았어, 알았으니까 그런 목소리 내지 마. 겨우 사이가 좋아진 여자아이들이 무서워하잖아. 무거운 이야기를 하기 전에 조금이라도 분위기를 전환하려 했던 내 배려를 이해하지 않다니, 너도 참."

그렇게 투덜거리고는 트릭씨가 이야기를 시작했다.

"……으음, 한마디로 말하자면 상황은 그렇게 좋지 않아. 이

---

5 1970~80년대 불량소녀를 지칭하던 말. 긴 교복 치마가 트레이드마크

6 불량소녀 주인공이 형사로 잠입해 특제 요요로 악과 싸우는 70년대 유명 만화 스케반 형사.

번의 분화 패턴은 과거의 오오토리이 산 분화 패턴을 봐도 전례가 없던 일이니까."

"저기……. 정말로 아무런 전조가 없었나요? 저도 여기에 부임한 뒤 오오토리이 산의 관측에 참가한 적이 있지만 이번에는 너무 갑작스러워서."

쭈뼛쭈뼛 손을 들면서 미나 선생이 그렇게 질문하자 트릭씨는 곧바로 "없었어"라고 말하면서

"이건 이 몸의 추측이지만, 노린 것 같은 이 패턴으로 보아 누군가의 악의가 느껴지는군."

방금 전에 내가 생각했던 것과 같은 감상을 이야기했다.

나도 가만히 있을 수 없어서,

"저, 저도 같은 생각을 했어요. 이번 분화만이 아니라 바다에서도 그랬고요. 마치 누군가가 방해하는 것처럼."

가슴에 묻어 두었던 이야기를 꺼낸다.

"누군가, 라니?"

매직씨가 이야기한다.

"그건……. 잘 모르겠어요. 하지만 이상하지 않아요? 어제 도서관에서 대마왕 오징어에 대해 조사해 봤어요. 대마왕 오징어는 생태가 베일에 싸여 있고, 살아 있는 오징어를 목격한 사례는 거의 없다고 써 있었어요. 그런 게 정말로 우연히 우리들이 센서를 뿌리고 있던 해역에 나타날 수 있을까요?"

나도 속으로는 이상하다고 생각하고 있었던 것 같다. 한번

이야기를 시작하니 멈출 수가 없어서

"그리고 이번 분화……. 그것도 마치 우리들을 노리고 있는 것 같았고요. 우연이라고 하기에는 너무 딱 들어맞아요."

폐 속의 공기를 비워 버릴 것처럼 내가 말을 끝마치자

"그럴 수도 있겠네요."

처음으로 이야기한 건 잇승씨였다.

"폭주한 시스템은 지금까지 몇 번이고 제 제어 하에 있던 부분에도 공격을 해 왔어요. 아직 치명적인 침입은 허용하지 않았지만, 현 상태에서 완벽하게 대응하고 있다고는 말할 수 없어요."

"그, 그건 다시 말하자면 이, 이스투아르…… 님도 모르는 곳에서 '적'에게 정보가 새어 나간다는 건가요?"

긴장한 목소리로 유니가 잇승씨에게 물어봤다.

"그렇게 긴장하지 않아도 돼요. 유니씨. 저는 지상의 사람들이 생각하는 것 같은 '신'이 아니니까요."

유니짱의 긴장을 풀어 주려는 듯 생긋 웃고는 잇승이 말한다.

"유니씨의 말도 가능성이 있어요. 이해하기 쉽게 기상 관리 시스템으로 예를 들면, 이 시스템에 함부로 접속하는 건 저도 불가능해요. 하지만 지금은 비상사태, 어쩌면 폭주한 시스템은 저희를 조화를 어지럽히는 적이라고 생각해 소거하려고 하는 걸지도 모르죠."

"저쪽의 어린 아가씨의 이야기를 듣자 하니, 엄청나게 스케

일이 큰 이야기인데."

잇승씨의 설명에 트릭씨가 그렇지 않아도 큰 입을 쩌억 벌리며 이야기했다.

"그게 정말이라면 우리들은 세계를 상대로 싸움을 하는 거잖아. 개인 레벨로 어쩌고 할 범위를 뛰어넘었다고."

이거 어쩌지, 라며 머리를 감싸는 트릭씨.

그때,

"저기, 트릭."

뽀로통하게 있던 람이 트릭씨의 배를 통통 치며 말했다.

"하나도 간단하지 않잖아. 아까부터 어려운 이야기만 하고, 재미없어. 롬짱도 모르겠지?"

"……응. (침울)"

"봐아, 롬짱도 모르겠다잖아. 좀 더 알기 쉽게 설명해 줘. 어른이잖아."

통통통통.

"우… 우호옷!"

트릭씨가, 최근에는 들을 기회가 없었던 괴성을 지른다. 그 순간 미나 선생이 얼굴을 찌푸렸다.

"어디어디, ……으음, 예를 들자면. 지금 우리들은 게임기에 넣어도 전혀 작동하지 않는 게임 소프트를 상대하고 있는 거란다. 아무리 게임팩 단자에 후~ 후~ 하고 바람을 불어 넣어도 꼼짝도 하지 않는다고나 할까."[7]

"게임팩? 뭐야 그거?"

"……게임기에 그런 걸 넣는 거야?"

"게임기에 넣는 건 카드 아니면 디스크 아닌가?"

"……그리고 다운로드."

"이, 이런 이 몸이 실수를 했군. 요즘의 어린 여자아이들은 게임팩에 바람을 부는 걸 모르는 건가……."

두 사람의 딴지에 트릭씨는 어깨를 축 늘어뜨렸다.

이게 세대 차이라는 건가. 아저씨인 트릭씨와 롬짱, 람짱은 즐겨 이용했던 게임기가 다르니 어쩔 수 없다.

아, 나는 당연히 게임팩을 알고 있어. 8비트 시대의 커다란 롬팩은 겨드랑이에서 다리가 엄청나게 돋아난 것 같아서 귀엽다니까!

…… 아차, 이게 아니지.

두 사람이 알아듣기 쉽게 설명하려면 어떻게 해야 할까? 내가 트릭씨를 도와주기 위해 어떻게 할지 고민하고 있으려니.

"진짜아~ 트릭은 도움이 안 된다니까. 롬도 뭐라고 좀 말해 봐."

"……크윽."

질문이 해결되지 않아 삐진 람짱이 트릭씨의 배를 더욱더

---

7 패미컴과 슈퍼패미컴의 추억. 접촉 불량의 응급대책으로 접속부를 입으로 부는 방법이 있었죠.

세게 두들긴다.

"오, 오오오, 하악! 어린 여자아이가 나를 혼내는 게 이렇게 기분 좋다니……. 이 몸 새로운 세계에 눈을 뜬 것인가……. 아, 안되지, 안돼. 이 몸의 신사 리밋이……."

람이 세게 두들기며 화를 낼 때마다 트릭씨가 황홀한 표정을 짓고 있다.

이, 이건 좀…….

"롬, 람. 둘 다 여기서 얌전히 있어요."

더 이상 참을 수 없게 된 미나 선생이 손을 뻗어 두 사람을 자기 쪽으로 끌어당긴다. 뭐, 이것도 어쩔 수 없네.

"……역시 섬에는 저지를 보내야 했었나."

화면 속에서 매직씨가 관자놀이에 손을 대고 한숨짓는다. 그 후에 정신을 차린 것처럼 고개를 들고는

"어찌됐건, 이스투아르와 네프기어의 예상이 맞다면 '적'은 이미 두 번이나 실패했어. 그렇다면 다음에는 더욱더 강력한 수단을 생각할 거야. 나라면 그러겠어."

그런 매직씨의 말에 내 표정이 굳어졌다.

"강력한 수단이라니…… 예를 들자면?"

"오오토리이 산의 분화가 진정될 기미는 없지? 지금은 아직 그렇게 커다란 규모는 아니지만 이대로 가다가는……"

날카로운 눈빛으로 매직씨가 그렇게 말한 순간,

"우와아아아아아!"

뭐, 뭐지 뭐지? 갑자기 무슨 일이지?

마치 흉악한 몬스터에게 소중한 아이를 인질로 잡혀서 어쩔 수 없게 된 용사 아버지의 비명소리 같은 굉장한 소리가 들려왔다.

"브레이브 선생!"

유니짱이 재빨리 일어나 교직원실을 뛰쳐나갔다.

그건 브레이브씨의 목소리였다.

"유니짱 기다려, 나도 갈게!"

아무리 생각해도 보통 일이 아니야.

자신의 직감에 이끌려, 나도 유니짱을 뒤따라갔다.

||

브레이브 선생의 목소리에 이끌려 밖으로 뛰쳐나온 우리 눈에 굉장히 스펙터클한 광경이 들어왔다.

분교 건물은 저 멀리 오오토리이 산을 뒤로 하고 바다가 내려다보이는 운동장을 정면으로 향해 지어서 브레이브 선생이 서 있던 곳은 산이 있는 뒤편이었다.

그곳에서 브레이브 선생은 온몸으로 학교 건물을 지켜주고 있었다.

우리들이 옮겨 온 '방주'보다도 커다래서 운석 소환 마법의 연출 동영상에나 나올 법한 거대한 화산탄, 그것도 마그마 때문에 뜨겁게 불타는 것을 몸 전체로 막고 있었다!

거기다가 작은—이라고 해도 내가 저격한 것과 비슷한 크기의— 화산탄이 가차없이 쏟아져 내린다.

"브레이브 선생!"

"지금 갈게요!"

곧바로 변신한 나와 유니짱은 먼저 작은 화산탄을 처리하기로 했다. 수박 정도의 크기라고는 해도 수가 너무 많다. 서너 개만 떨어져도 나무로 된 건물은 남아나지 않겠지.

먼저 유니짱이 재빨리 움직여 날아오는 화산탄을 주먹과 발차기로 분쇄하고, 잘 박살나지 않거나 막아내지 못한 건 내가 지상에서 M.P.B.L.로 저격한다.

10분 정도 옛날 도트 그래픽 시절에 있던 게임처럼 문자 그대로 쏟아져 내리는 불꽃을 막아낸 뒤

"조금만 더 버티자!"

유니짱과 나, 둘이서 브레이브 선생이 막고 있던 거대한 화산탄의 해체 작업을 시작했다.

먼저 근접전용으로 바꾼 M.P.B.L.로 두 조각으로 자른 뒤, 유니가

"아뜨뜨뜨뜨!! 뜨거워, 뜨겁다고!"

아까 전까지 차가운 얼음을 들고 있던 것과는 반대로, 강렬한 열을 참아 내면서 하나씩 운동장을 향해 집어 던진다.

그곳에서 대기하고 있는 사람들은 타이밍 좋게 우리들을 뒤따라 온 롬짱과 람짱.

특기인 얼음 마법으로 꽁꽁 얼리면

"이야아아압!"

확실히 하기 위해 내가 잘게 다져서 해결!

"브레이브 선생, 괜찮으세요?"

모든 게 끝난 뒤에 브레이브 선생에게 다가가니, 몸에서 쉬이익 하는 소리를 내며 하얀 연기를 뿜고 있다.

"괜찮아, 문제없어.[8] 그건 그렇고 굉장한 합동작전인데."

몸에 남아 있는 화산탄 조각을 손으로 털어내며 브레이브 선생이 말했다.

저런 걸 긴 시간 동안 막으면서도 문제없다니…… 역시 브레이브 선생은 굉장해.

그 모습을 본 유니짱이 가슴 앞에서 주먹을 탁 소리가 나도록 친다.

"저런 커다란 걸 학교를 향해 던지다니……. 브레이브 선생이 없으면 어쩔 뻔 했어. 정말로 처음부터 우리들을 노리고 한 거 아니야?"

"무슨 소리야, 유니?"

직원실에서 있었던 일을 모르는 브레이브 선생이 고개를 갸

---

8 엘 샤다이. '그런 장비로 괜찮은가?'와 대구를 이루죠

웃거려서 내가 설명하자,

"……그렇군. 그 '적'이라는 게 정말로 있다면 우리들은 완전히 농락당하고 있는 건지도 모르겠는데. 저걸 봐."

산 꼭대기를 가리키며 말한다.

브레이브 선생의 말에 그쪽으로 눈을 돌리니, 방금 전까지 그렇게나 날뛰던 연기가 수그러들고 그 사이로 희미하게 푸른 하늘이 보인다.

"분화가……. 진정됐어?"

"아니, 그건 아니겠지. 일시적인 소강상태에 들어간 거겠지. 우리들이 고전하고 있는 모습을 바라보며 즐거워하는 녀석이 이젠 질려서 이른 저녁밥이라도 먹으러 간 게 아닐까."

저, 저녁밥…… 그건 아니겠지만.

브레이브 선생의 말이 농담인지 진담인지 알 수 없어 나와 유니짱이 얼굴을 마주보고 있자,

"이걸로 끝난 거라면 좋겠지만…… 최악의 상황에 대비해야겠지. 니시자와 선생은 아직 직원실에 있어?"

이번에는 진지한 목소리로 그렇게 말하고는 브레이브 선생은 운동장 쪽으로 얼굴을 돌렸다.

최악의 사태라는 말에 내 가슴이 두근거린다. 그건 무슨…….

조심스레 물어보려던 그때,

"니시자와 선생."

한숨 돌렸다고 생각했는지 미나 선생과 트릭씨가 운동장으로 나오는 게 보였다.

브레이브 선생이 건물을 넘어 운동장에 들어오면서 말한다.

"니시자와 선생, 아직 본토랑 연락은 되나요?"

"네, 괜찮아요. 이쪽의 상황을 확인할 때까지 기다리게 했어요."

먼 곳에 있는 브레이브 선생도 들리도록 미나 선생이 양손을 입에 모아 대고 대답했다.

"그러면 바로 학원이나 플라네튬 주 정부에 부탁해서 배를 준비하도록 하죠. 많은 사람이 탈 수 있는 것으로."

많은 사람이 탈 수 있는 거라면……

그제서야 겨우 나는 브레이브 선생이 생각하고 있는 '최악의 사태'가 뭔지 알 수 있었다.

나도 알 만한 일을 미나 선생이 모를 리가 없다.

"바로 섬의 행정사무소 직원들이 올 거에요. 앞으로 어떻게 대응해야 할지 협의하면서 탈출할 배를 구해 보도록 하죠."

탈출할 배를 구한다.

미나 선생은 그렇게 말했다.

"섬에서 피난…… 한다는 건가."

숙직실로 돌아오자 유니짱은 벽장의 기둥에 기대 앉아 발을 앞으로 뻗으며 말했다.

"바다에서도 도망가고, 산에서도 도망가고, 이번에는 섬에서 도망가는 건가. 도망도망도망. 우리들 너무 도망치기만 하는 거 아니야?"

답답한 듯 유니짱은 칭얼대는 아이처럼 앞으로 뻗은 다리를 파닥거리며 말했다.

지금쯤 미나 선생과 트릭씨, 그리고 사무소에 달려온 사람들은 직원실에서 어른들끼리 회의를 하고 있겠지.

첫 분화에서 지금까지 입은 피해를 파악하고 섬사람들이 어느 정도나 피난했는지, 그리고 제일 중요한 건 앞으로 어떻게 할 건지.

그 회의에서 결론이 나올 때까지 우리들이 할 수 있는 건 없다.

하지만 다시 이변이 일어나면 우리들의 힘이 필요할지도 모르기 때문에 다른 사람들이 피난한 체육관과는 별도로 우리는 내가 묵고 있는 다다미 깔린 숙직실에서 대기하고 있는 중이었다.

숙직실에 도착하자마자 롬짱과 람짱은 둘 다 아기고양이처럼 서로 끌어안고 잠들기 시작했다. 아마 피곤했겠지. 어쩔 수 없다.

나와 유니짱은 원래대로라면 오늘 조사를 무사히 마치고 나서 섬에 있는 온천에 갈 예정이었지만, 이래서야 어렵겠지.

즐겁게 수다를 떨 수도 없지만, 그렇다고 가만히 있는 것도 답답해서

"유니짱은 도망가는 게 싫어?"

나는 아무렇지도 않게 물어봤다.

하지만 그 질문은 유니짱에게 있어서는 마음에 걸리는 것이었던 듯,

"싫은 게 당연하지!"

격렬한 어조로 대답했다.

"그, 그렇게 화내지 않아도……."

"화내는 게 아니야. 분하다고!"

"분하다고?"

"도망간다는 건 졌다는 이야기잖아. 내 성미에는 맞지 않아. 게다가……."

"게다가?"

그렇게 말하고는 유니짱은 내 눈을 피한다.

"언니라면 어떻게 할까? 라고 생각하게 된다고. 네프기어는……. 그렇게 생각하지 않아?"

나에게 물어 온다.

"언니라면 어떻게 할까……. 라."

내 언니는 보통 때는 그런 느낌이니 괜찮겠지만, 유니짱의 언니……. 느와르씨는 변신을 할 때나 하지 않을 때나 우등생에다가 착실한 사람이니까, 동생으로서는 언제까지나 뒤쫓아

가야 하는 걸까? 라는 압박이 있겠지.

"아아~기상 관리 시스템인지 눈에 보이지 않는 '적'인지 모르겠지만 어떻게든 혼내 주고 싶네."

다시 발을 파닥거리며 유니짱이 그렇게 말했다.

하지만 혼내 준다, 라. 나도 적을 쓰러뜨리는 것보다 섬사람들이 어떻게 될지 더 신경이 쓰인다. 유니짱의 마음도 알겠지만.

"회의…… 끝나질 않네."

유니짱이 기대고 있는 기둥에 붙어 있는 시계를 보며 나는 그렇게 말했다.

어쩔 수 없네. 꼬맹이들은 기분 좋게 자고 있으니 게임을 하기도 그렇고 얌전히 기다릴 수밖에 없어.

"그러면."

내가 몸을 일으켜 말했다.

"체육관……. 피난해 온 사람들은 체육관에 모여 있잖아. 상황을 보러 가지 않을래?"

아까 전부터 몰래 생각해 왔던 걸 이야기한다.

"보러 가다니, 어쩌려고?"

"그건……. 뭔가 곤란해 하는 사람이 있으면 도와줄 수도 있잖아."

내가 그렇게 말하자, 유니짱이 싱긋 웃는다.

"네프기어는 정말로 성실하다니까. 네 언니보다도 성실한 것 같아."

손을 뻗어 내 배를 쿡쿡 찌르면서 말한다.

"그렇지는 않아."

"그렇다고……. 알았어. 여기서 멍~하니 있어 봤자. 아무 소용도 없고."

내 배를 마음껏 쿡쿡 찌른 후에 유니짱이 일어났다.

"그럼, 갈까?"

"응."

재촉하듯 내민 손을 잡으며, 나는 고개를 끄덕였다.

III

심심풀이.

한가하니까.

곤란해 하는 사람이 있으면 도와 주자. 겉으로는 그렇게 생각했지만, 솔직히 그렇게 심각하게 생각하지는 않았다.

그렇게 가벼운 마음으로 체육관에 오게 된 걸 나는 금세 후회했다.

분명히 유니짱도 같은 마음일 거야.

내 옆에서 망연한 듯이 말을 잃은 표정으로 있는 모습이 유니짱도 그런 생각을 하고 있다는 것을 말해 주고 있었다.

체육관으로 피난한 사람들은 대충 봐도 300명 정도.

섬의 인구가 1,000명 정도니까 섬사람들의 3분의 1 정도가 이 체육관에 모여 있다. 그 외에도 빈 교실에 분산돼 있거나 아직 피난을 못한 사람들도 있겠지.

모두 피곤한 얼굴이었다.

정말로 맨몸으로 도망친 거겠지.

물이 든 페트병이나 빵과 주먹밥을 행정사무소 사람들이 나눠 주고 있지만, 거기에 손을 대는 사람들은 없었다.

거주지별로 모인 사람들은 아는 사람을 만나면 앞으로 어떻게 할 것인지에 대해 서로 이야기하고 있었다.

무언가 해야 한다는 마음이었지만,

무엇을 해야 할지는 알 수 없다.

"곤란한 일은 없으세요? 도울 일은 없나요?"

그렇게 말하며 돌아다니는 건 간단하다. 하지만 나와 유니짱 둘이서 모두의 고민을 해결하는 건…… 어려워.

어설프게 했다가는 방해가 될 뿐이다.

"가자, 네프기어. ……허락도 없이 쓸데없는 일을 하는 건 그만두는 게 좋을 것 같아."

유니짱이 체육관 입구에 서 있는 내 어깨를 두드린다.

"그렇…… 네."

"응, 이왕 이렇게 된 거 직원실에 들러 볼까?"

그렇게 말하며 유니짱이 발걸음을 돌리려던 그때,

"어머, 유니랑 네프기어, 왜 여기에?"

이쪽으로 걸어가던 미나 선생과 마주쳐 걸음을 멈췄다.

"둘만인 거에요? 롬이랑 람은?"

"피곤한 것 같아서……. 지금은 숙직실에서 자고 있어요."

미나 선생의 질문에 내가 대답하자, 선생은 왼쪽 손목에 끼고 있던 시계를 본다.

우리들이 점심을 먹었을 때 첫 분화가 있었고, 학교에 돌아온 게 한 시간 뒤였으니까 지금은 이미 저녁 무렵.

"저녁밥을 먹기 전에 자면 다음날 아침에 힘들겠네요. 둘다 언제나 두 배는 먹으니까요."

시계에서 눈을 떼고 미나 선생이 쓴웃음을 지었다.

"꼬맹이들 밥 이야기는 넘어가고, 회의는 어떻게 됐어요? 미나 선생이 여기에 온 걸로 봐서는 결론이 나온 건가요?"

유니짱이 물었다.

"……그건 그렇고, 둘 다 도와주지 않을래요? 지금부터 섬사람들에게 설명을 하려고 하는데, 제가 컴퓨터 조작에 서투르거든요."

옆구리에 끼고 있던 얇은 노트북을 손에 들고 미나 선생이 말했다.

거절할 이유도 없어 우리들은 다시 체육관으로 돌아갔다.

"모두들 피곤한데 죄송합니다. 앞으로 어떻게 할 것인지 사무소 분들과 협의가 끝나서 설명해 드릴게요."

체육관에 마련된 무대에서 마이크를 잡은 미나 선생이 모여 있는 사람들을 부르는 동안, 나와 유니짱은 무대 구석에 놓인 프로젝터와 스크린을 준비했다. 스크린은 유니에게 맡기고 나는 노트북과 프로젝터를 케이블에 연결했다.

이런 건 내 전문 분야지. 재빨리 끝내고 컴퓨터를 기동해 데스크탑에 있던 '도민 설명용'이라는 폴더를 열었다.

동시에 스크린도 준비가 끝나서 폴더에 있는 파일을 클릭한다.

데스크탑 화면과 링크된 스크린에 문자가 비친다.

급하게 만들었는지 평범한 폰트로 적힌 그 글자를 본 순간, 나는 숨이 멎는 것만 같았다.

체육관에 모여 있는 사람들도 웅성거리기 시작한다.

거기에는 이렇게 쓰여 있었다.

'오오토리이 섬 전원 피난 계획'

이라고.

IV

하루.

우리들에게 남겨진 시간은 하루뿐이었다.

내일 밤까지 섬사람들 모두가 섬을 떠나지 않으면 안전을 보증할 수 없다.

그 이야기를 전해야 했던 미나 선생의 얼굴. 그 이야기를 들어야 했던 섬사람들의 얼굴. 무엇보다도 스크린 옆에서 이를 악물고 있던 유니짱의 얼굴을 잊을 수가 없었다.

"이스투아르 기념학원 본교가 플라네튠 주 정부와 공동으로 배를 이쪽으로 보냈어요. 도착은 18시간 후. 내일 오후 한 시 예정입니다. 섬사람들의 승선이 끝나고 각종 확인 작업이 끝날 때까지 3~4시간 정도 걸린다고 예상하면 지금부터 22시간에서 23시간 후, 저녁에 출항합니다."

미나 선생의 설명에 체육관이 더욱 술렁인다.

"큰 분화는 진정됐지만 끝난 건 아니에요. 오히려 이제부터 시작일 수도 있어요. 지금도 지하에서 마그마가 분출하는 중이고, 저희 계산에 의하면 24시간 후에는 외륜산을 넘을 거예요. 그럼 용암이 마을에 도착하기까지 한 시간 정도 걸려요."

철수에 여유는 없느냐는 질문에 미나 선생이 미안하다는 듯 고개를 저으며 대답했다.

그런 질문이 나오리라고 예상한 듯, 노트북과 스크린에 용암의 예상 진로가 그려진 그림이 비친다.

그 그림을 보면 산의 남쪽, 조금은 낮은 지대에서 흘러넘치는 용암이 방금 전까지 우리들이 등산했던 하이킹 코스를 집어삼키며 내려가 상점가의 중심부를 빠져나가 어선과 페리가 정박하는 항구가 자리잡은 섬의 남쪽에 도착해 바다로 떨어지게 돼 있다.

"……만일 저 그림처럼 된다면, 우리들은 언제 섬에 돌아올 수 있을까?"

"마을도 항구도 모두 없어져 버리잖아."

여기저기에서 한숨과 함께 목소리가 흘러나왔다.

그 목소리가 어딘지 다른 사람 이야기를 하는 듯 들리는 건 모두들 아직 지금의 상황을 현실로 받아들이지 못해서라고 나는 생각했다.

지금까지 평화롭게 살고 있던 섬에 내일부터는 살 수 없다는 이야기를 들으면 당황스럽겠지. 순순히 받아들이는 쪽이 이상할 정도다.

하지만 계획에 항의해 다른 사람들이 공감한다 해도 어쩔 수 없는 일이니……

내일 집합 장소와 시간, 한 사람이 들고 갈 수 있는 짐의 양 등 자세한 것까지 설명을 마치고 무대에서 내려온 미나 선생과 함께 나와 유니짱은 체육관을 뒤로 했다.

그와 동시에 어른들 몇 명인가가 담요를 나눠주기 시작했다.

뒤돌아 그 모습을 보고 있자니 마음이 아파 온다.

유니짱을 보니, 나처럼 뒤돌아보지도 않고 가만히 앞만 보고 있다.

그 여느 때보다 심각해 보이는…… 표정에 압도되어 나는 아무 말도 해줄 수 없었다.

그대로 아무 말 없이 직원실로 돌아오자,

"내일은 네프기어도 도와줄 게 많아요. 제대로 자고…… 어려울지도 모르겠지만, 충분히 휴식을 취하세요."

우리들은 걱정하지 마시고, 자신부터 챙기세요.

그렇게 말하고 싶을 정도로 지친 얼굴로 자리에 앉은 미나 선생이 힘없는 목소리로 말했다.

거기에,

"불행 중 다행이라고 할 수 있는 건 어찌어찌 사망자는 나오지 않았다는 거로군. 산꼭대기 근처의 관측 기기는 못쓰게 됐지만 너희들이 설치한 센서 덕분에 정확한 분화 상태를 모니터링할 수 있었어. 이런 상황에서 말하기에는 좀 그렇지만 '열쇠'에 넘길 데이터도 필요 이상으로 모을 수 있을 것 같아."

회의를 하는 중에도 계속 혼자서 컴퓨터를 향해 있는 트릭 씨가 의외로 활기찬 얼굴로 말했다.

"사람이 죽지만 않는다면 괜찮은 건 아니지만 말이죠."

유니짱이 그런 트릭씨에게 가시 돋친 목소리로 쏘아붙인다.

체육관을 나왔을 때부터 계속 아무 말 없다가 처음으로 꺼낸 그 말에 나는 깜짝 놀란 얼굴로 유니짱을 바라본다.

내 시선을 느끼고는 유니짱은,

"뭐야, 네프기어. 이상한 표정으로. 내 얼굴에 뭐라도 묻었어?"

눈을 깜박이며 나에게도 가시 돋힌 말을 내던진다.

"그, 그건 아니지만……. 유니짱이야말로 왜 그래? 좀 이상해."

"뭐가 이상하다는 거야. 여느 때와 똑같은데."

"아니, 아니야. 방금 전까지 계속 아무 말 없다가 갑자기……."

"뭐가 아니라는 거야? ……이제 됐어. 그리고 미나 선생, 내일 저희는 언제 어디로 가면 되나요?"

일방적으로 나와의 대화를 끊으려는 듯이 유니는 미나 선생을 향해 그렇게 말한다.

"아, 가능하면 새벽 6시에는 교직원실로……."

"알겠어요. 그럼 선생이 말한 대로 일찍 자야 할 테니까 저는 집으로 돌아갈게요."

"응. 수고 많았어."

몇 번인가 눈을 깜박이면서 유니짱이 그렇게 말하자 묘한 기백에 눌려 미나 선생이 고개를 끄덕인다. 유니는

"그럼 내일 봐, 네프기어. 꼬맹이들을 부탁해. 미나 선생은 오늘 할 일이 많아서 제대로 잘 수 없을지도 모르지만……. 그래도 너는 일찍 자 둬. 내일 수면부족으로 피곤해지면 큰일이니까."

굉장히 빠른 어조로 한번에 말하고는 그대로 바람처럼 교

직원실을 뒤로 했다.

남겨진 나는 미나 선생과 트릭씨의 얼굴을 바라보기만 할 뿐이었다.

하지만 언제까지나 이러고 있을 수 없다.

유니가 말한 것처럼 미나 선생과 트릭씨도 이제부터 철야로 작업을 해야 할 테니까, 방해하면 안 되겠지.

"……그러고 보니 브레이브 선생은?"

갑자기 브레이브 선생이 생각나 물어보자,

"항구에 있어요. 정박해 있는 어선을 옮겨 두지 않으면 커다란 배는 항구에 접근할 수 없거든요. 브레이브 선생이 지금 정리해 두겠다고 했어요."

미나 선생의 대답에 나는 고개를 끄덕였다.

그래, 브레이브 선생은 지금 자신이 할 수 있는 일을 하고 있어.

그렇다면 내가 할 수 있는 일은 휴식을 취하는 거겠지.

나는 퍼즐게임에서 긴 막대기가 나오지 않을 때처럼 초조한 마음을 억지로 진정시키고는 말했다.[9]

"그럼, 저도 숙직실로 돌아갈게요."

"아, 네프기어! 돌아왔네!"

---

9 테트리스에서 깊은 터널을 파 놨는데 긴 막대가 나오지 않을 때의 그 심정이란……

"······어서 와. (생긋)"

혼자서 숙직실로 돌아온 나를 반겨준 사람은 아기고양이처럼 자고 있어야 할 롬짱과 람짱이었다.

잠깐이라도 잠을 자 피로가 풀린 건지, 뺨에 탄력이 돌아와 있다.

순간 '젊어서 좋겠네'라고 아줌마 같은 말을 하고는 당황해 고개를 저었다. 나, 나도 충분히 젊은걸!

"······왜 그래? 네프기어짱? (빠─안히)"

보지 마 롬짱, 그런 눈으로 보지 마.

"아아, 아무것도 아니야. 그렇지, 오늘은 미나 선생이 바쁘다고 하더라고. 오늘 밤은 나랑 같이 있자!"

미소로 얼버무리며 나를 바라보는 롬의 살랑거리는 머리칼을 쓰다듬으며 말했다.

"······정말로? ······좋아. (부끄)"

아까 자고 있을 때도 그랬지만, 나에게 머리를 맡기고 쓰다듬쓰다듬을 받는 지금도 아기고양이 같아서 귀엽다. 지금까지의 무거운 분위기가 풀리는 것 같다.

으음, 진짜로 귀엽다. 쓰담쓰담쓰담. 쇼핑몰에서의 벨씨 정도는 아니지만 집에 가져가고 싶을 정도야.

내가 제멋대로 롬짱에게 치유받고 있으려니, 람짱이 내 치마를 잡아당겼다.

"저기저기."

"응? 왜 그래? 람짱도 쓰담쓰담 해줄까?"

"그게 아니고. 유니짱은 어디 있어? 같이 있던 거 아니었어? 이왕이면 유니짱도 같이 있는 게 좋잖아."

언제나 아이 취급받는 걸 싫어하는 람짱. 눈을 가늘게 뜨고 쓰담쓰담을 받고 있는 롬짱 앞이라 그런지 여느 때보다도 어른스러운 목소리로 말한다.

"아, 그건 말이지……."

나는 유니짱이 쉰다고 말하며 먼저 돌아갔다고 이야기했다. 그 순간.

"집에?"

람짱이 의아하다는 듯 말했다.

"응, 뭔가 이상해?"

집에서 조용히 쉬고 피로를 회복하는 게 그렇게 이상한 이야기는 아닌데.

"혼자서?"

혼자 있는 게 좋을 때도 있고. 요 며칠간은 힘들었으니 느긋하게 목욕이라도 하면서 쉬려고 한 거 아닐까?

"……섬사람들이 이쪽으로 피난해 왔는데?"

……아.

"유, 유니짱 집이 어디였지?"

"미나 선생네 옆에 옆에 집이야."

예전에 언니가 어디 있는지 알게 됐을 때, 늦은 시간에 미나 선생의 집에 찾아간 적이 있었다. 장소는 분교에서 북쪽으로 떨어진 상점가 근처.

그쪽은 체육관에서 들은 미나 선생의 설명에 의하면 출입 금지 구역.

"……둘 다 내가 돌아올 때까지 여기서 얌전히 있…… 있어 주지 않겠지……."

"싫어!"

그렇겠지.

아, 이런 일이 전에도 있었던 거 같은데.

한순간 예전 생각이 떠올랐다. 그리고 다음 순간 우리들은 예전과 똑같이 숙직실을 빠져 나왔다.

"……저기, 네프기어짱."

피난해 온 사람들이 오가는 학교 복도. 부딪히지 않도록, 하지만 가능한 한 서둘러 빠른 발걸음으로 계단을 향해 걸어 가던 중 롬짱이 갑자기 말을 걸어왔다.

"……유니짱, 집에 돌아간다고 말할 때 어땠어? 눈 깜박이지 않았어?"

그렇게 말하며 롬짱이 나를 향해 눈을 깜박인다.

그러고 보니 확실히 눈을 깜박였던 것 같다……. 롬짱에게 그렇게 말하자

"……유니짱은 거짓말을 하거나 뭔가 숨기고 있을 때 그러거든."

"그렇다는 건…… 집에 돌아간다는 말은 거짓말이라는 이야기야?"

"……응. 분명히 그럴 거야. (끄덕끄덕)"

그건 그것대로 좋지 않은데.

출입 금지 지역에 있는 걸 데려오는 건 그렇다고 치고, 집에 돌아가지 않았다면 어디에 있는 걸까…….

"셋이서 찾으면 금세 찾을 수 있을 거야. 학교를 나가면 변신해서 찾자."

불안해 보이는 내 얼굴을 보고 람짱이 롬짱 반대편에서 내 얼굴을 바라보며 그렇게 말했다.

"그래, 바로 찾을 수 있을 거야."

자신을 어르는 것처럼 그렇게 말하며 운동장으로 향했다.

그리고는 맹렬 대시, 달리면서 변신했다. 하늘에서 찾는 게 좋을 것 같아 날아가려고 하던 그때.

강화된 내 눈이 어둠에 싸인 운동장에서 무언가 움직이는 걸 포착했다. 신경이 쓰여 멈춰 서서 그쪽을 바라본다.

"아!"

"……벌써 찾았네. (깜짝)"

변신한 롬짱과 람짱이 나와 같은 방향을 바라보며 말한다.

그래, 둘이 말한 대로다.

운동장 구석에 있는 작은 체육창고로 향하는 유니짱의 뒷모습이 변신한 우리들의 눈에 들어왔다.

맥 빠지는 전개에 놀란 우리들이었지만, 곧바로 뭔가 이상하다는 걸 알게 됐다. 유니짱은 기척을 지우려는 듯 살금살금 걸어가고 있다. 체육창고 앞에 서서 주변에 다른 사람이 있는지 몇 번이고 확인하고 나서야 문을 열고 안으로 들어간다.

내가 보고 있으니 아무도 없는 건 아니지만, 유니짱은 변신을 하지 않았다. 어두운 밤, 멀리 떨어진 곳이라 유니짱 뒤에 서 있는 우리를 눈치채지 못한 것 같다.

나는 생각할 것도 없이 변신을 풀고 롬짱과 람짱에게 말했다.

"……가 보자."

셋이 고개를 끄덕이며 동시에 변신을 풀고는 소리를 내지 않도록 조심하며 운동장을 나아간다.

달리면 30초 정도 걸릴 거리를 천천히 몇 분이나 걸려 가며 다가가자 체육창고에서 소리가 들려온다.

뭔가를 두들기는 것 같기도 하고 움직이는 것 같기도 한 소리, 도대체 유니짱은 안에서 뭘 하고 있는 걸까.

"들어갈까?"

람짱이 작은 목소리로 물어 온다. 여기까지 와서 아무 일도 없던 셈 치고 돌아갈 수도 없어 우리들은 심호흡을 하고 천천히 체육창고의 문을 열었다.

드르륵, 문이 열리는 소리와 "누구야?"라는 유니짱의 목소리가 동시에 들린다.

"……네프기어야. 롬짱이랑 람짱도 같이 있어."

가능한 한 유니짱을 자극하지 않도록 나는 낮은 목소리로 그렇게 말했다.

"왜……. 왜 네가 여기에……."

믿을 수 없다는 듯, 유니짱이 몇 번이고 고개를 젓는다.

"롬짱이 알려줬거든. 유니짱이 집에 돌아가지 않았을 거라고. 거짓말을 할 때는 눈을 자주 깜박인다고."

"눈 깜박임……."

"그래서 유니짱을 찾으려고 운동장에서 변신을 했는데 이쪽으로 오는 게 보였어……."

"……이제 됐어."

유니짱은 크게 한숨을 쉬고는 고개를 숙인다. 온몸에서 힘이 빠져나간 듯, 체육관에 있는 커다란 상자에 걸터앉는다.

"역시 나쁜 짓은 못한다니까. 금세 들켜 버렸네."

유니짱이 고개를 들고는 우는 건지 웃는 건지 모를 얼굴로 말했다.

"나쁜 짓이라니……."

"도둑질이라고, 도둑질!"

"도, 도둑질!?"

유니짱의 입에서 나온 말에 나는 깜짝 놀랐다. 롬짱과 람짱도 '뭐어!?'라고 소리를 지르고는 더 이상 말하지 않는다.

"그래, 나는 밤에 체육창고에 숨어들어서 이걸 훔치려고 했어."

이거, 라고 말하며 앉아 있는 상자를 툭툭 치면서 유니짱은 될 대로 되라는 식의 말투로 어깨를 움츠린다.

그 상자는 체육창고와는 어울리지 않는 물건이었다.

크기는 유니짱이 안에 들어가기에 충분하고, 먼지를 뒤집어쓴 운동회용 밧줄이나 깃발, 수업에서 쓰는 공과 허들이 여기 저기 흩어져 있는 속에서 그 상자만이 반짝반짝 금속 광채를 발하고 있다.

거기다가 상자의 손잡이 부분에는 전자 열쇠인 듯한 기기가 박혀 있다. 전자계산기 같은 키로 암호를 입력하는 타입이고 그렇게 최신식은 아닌 것 같지만.

"체육 수업 때 내가 창고를 여닫으니까 열쇠는 가지고 있어. 하지만 이게……. 생각나는 번호를 입력해도 안 됐어. 그러는 사이에 너희들이 들어왔고."

"이 안에는 뭐가 들어 있는데?

목소리가 높아지는 걸 억누르며 내가 물어봤다.

"알면 어떻게 하려고? 선생한테 고자질할 거야? 유니짱이 ‧ 여기 있는 물건을 훔치려고 했다고?"

"그럴 리 없잖아!"

나는 유니가 이야기해 줬으면 좋겠어.

체육관에서 미나 선생의 이야기를 들은 뒤로…… 아니, 아마도 그 전부터 계속 생각하고 있었던 무언가를.

이 상자를 훔쳐서 뭘 하려고 했는지.

하지만 입 밖에 내도 전해지지 않겠지. 그래서 나는,

"롬짱, 람짱. 부탁이 있는데 괜찮을까?"

내 방식대로 유니짱을 대하기 위해 먼저 롬짱과 람짱의 힘을 빌리기로 했다.

나쁜 짓에 두 사람을 말려들게 하는 것 같아 마음이 아팠지만, 분명히 알아줄 거라고 생각하며.

"……알았어. 괜찮아. (끄덕)"

내 말에 무언가를 느낀 듯, 롬짱이 아무 말도 묻지 않고 그렇게 말했다.

"유니짱에게 나쁜 짓만 하지 않는다면, 협력할게."

"너희들……."

나 이상으로 깜짝 놀란 유니짱이 눈을 크게 뜨고 롬짱과 람짱을 바라본다.

"지금 당장 직원실로 가서 트릭씨에게 빌려 준 N기어를 받아 와. 잠이 오지 않으니 게임을 한다던지, 이유는 상관없으니까."

나는 그렇게 말했다.

아까 트릭씨가 '열쇠에 넘길 데이터는 다 모았다'고 말했지. 그러면 이젠 N기어는 필요 없을 거야. 둘이 가면 분명히 돌려주겠지.

"부탁이야, 빨리 다녀와."

나는 다시 한 번 그렇게 말했다. 하지만 이미 둘은 등을 돌린 뒤였다.

"네프기어…… 무슨 생각으로……"

"그건 둘이 돌아오면 말해 줄게."

나는 마음을 굳게 먹고 유니짱의 질문을 무시한 채 두 사람을 기다렸다.

5분쯤 지났을까, 아니 10분쯤? 정확히는 알 수 없었지만 유니짱과 나 사이의 무거운 침묵이 한계에 달한 그때,

"돌려받았어!"

"……받았어."

두 사람은 훌륭히 목적을 달성해 돌아왔다.

"여기."

람짱이 돌려준 N기어를 손에 들고 나는 심호흡을 한다.

뭐였더라? 호흡법은 몸을 안에서 단련시켜준다고 했나? 이때만이라도 좋으니까 내 마음도 단련해 줘…….

"네프기어, 너 설마……."

"유니짱이 우리들에게 전부 말해 준다면 내가 N기어를 사용해서 이 상자를 열어 줄게. 거짓말이 아니야. 약속할게. ……이 정도쯤 나에게는 아무것도 아니라는 걸, 유니짱은 알고 있지?"

FINAL STAGE

1

"서두르지 말고 순서대로!"

"배에는 모두 여유 있게 탈 수 있어요. 연장자, 아이들, 여성을 먼저 태워 주세요."

다음날, 항구는 피난선을 기다리는 사람들로 가득 찼다.

사무소 사람들이 마이크로 외치는 소리가 아침부터 쉬지 않고 들려온다.

나와 유니짱은 항구에서 바다를 향해 200미터 정도 뻗은 가늘고 긴 방파제 앞에 서서 가만히 파도를 바라보고 있었다.

"네프기어……."

유니짱이 불어오는 바닷바람으로 헝클어진 머리카락을 손으로 걷어내며 나에게 말했다.

"그만둘 생각이면 지금 그만두는 게 좋아. 제대로 된다는 보증도 없고……."

"아까 말했잖아. 그 이야기는 이제 끝이라고."

나는 가만히 고개를 저어 유니짱의 말을 막는다.

"하지만……."

"괜찮아. 나는 유니짱의 이야기가 맞다고 생각하니까. 그래서 도와주기로 한 거야. 선생이 혼내던, 언니가 뭐라고 하던 아무 상관없어. 나는 유니짱을 도와주고 싶은 거라고."

……지금 건 너무 정색하고 말했나.

내가 그렇게 말하자 유니짱이 생긋 웃는다.

"꼬맹이들도 그렇지만 너도 유별나다니까. 어떻게 되든 모른다."

"왜, 왜 유니짱은 내가 이렇게 격려해 주는데 그런 말을 하는 거야! 밤을 새긴 했지만 제대로 테스트도 했고!"

"그렇네. 네가 그렇게 말한다면 믿어 줄게. 메카닉 오타쿠씨."

"아아, 그런 말까지 하다니 너무하네."

재미있다는 듯 웃는 유니짱에게 내가 고개를 돌린 그때.

무릎까지 물에 잠긴 브레이브 선생이 물을 가르며 내 앞으로 천천히 걸어온다.

"아무래도 우리가 해야 할 것 같군. 힘들겠지만 두 사람 다 믿고 있어."

우리들 바로 옆까지 걸어온 브레이브 선생이 말했다.

"롬짱이랑 람짱은요?"

"소방단 인원이 부족해서 니시자와 선생의 허가를 받아 산불을 진화하고 있어."

"산불……."

그건 분교에 모이지 않고 자택에서 직접 피난하는 걸 선택한 사람들이 항구로 이동하기 시작했을 때 일어난 새로운 문제였다.

한밤중에 분화구와는 다른 장소에서 지면을 가르고 용암이 흘러내리는 긴급사태가 일어났다.

흘러내린 용암은 그렇게 많지는 않았지만 밤새 흘러내리더니 낮은 지대에 있던 잡목림까지 흘러 불이 났다.

바람의 방향에 따라서는 항구로 불이 옮겨붙을 수도 있기 때문에 아침부터 소방단 사람들이 출동해 불이 번지는 걸 막고 있다.

롬짱과 람짱이 다루는 결빙 마법은 그 작업에는 딱 맞기 때문에 지금은 둘이서 대활약을 하고 있겠지.

하지만,

"한 사람당 한 척이라……"

우리들에게는 조금 부담이 된다.

"왔어."

브레이브 선생이 수평선을 가리킨다. 점점 이쪽을 향해 다가오는 세 척의 중형 선박을 항구까지 옮기는 작업을 우리가 해야 한다.

보통 페리가 섬에 올 때는 항구의 어부들이 번갈아 가며 배를 끌기 위한 배…… 예인선을 사용해 페리를 부두로 유도하는 작업을 한다.

하지만 이번에는 어부들도 피난을 했고, 예인선도 브레이브 선생이 정리했다.

그렇다면 우리들이 변신해서 혼신의 힘을 다해 페리를 옮겨야 한다.

손으로.

그래서 유니짱이 이야기했던 것처럼 한 사람이 한 척씩 끌어야 한다. 원래는 나와 롬짱, 유니짱과 람짱 각각 한 척씩, 브레이브 선생이 남은 한 척을 담당할 예정이었지만…….

"시작하자, 준비해."

배를 무사히 항구로 유도하는 일도, 산불이 번지는 걸 막는 일도 중요하다. 그리고 또 하나 우리들만이 알고 있는 중요한 미션도…….

지금은 눈앞의 일을 하나씩 해결하는 수밖에 없다. 나와 유니는 고개를 끄덕이고 변신한다.

해안까지 100미터 정도 다가온 세 척의 배. 각각 형태와 크기가 달라 우리들은 각각 자신이 담당하는 배의 고물이나 옆을 붙잡고 민다. 어느 정도 밀어낸 뒤에는 다시 다른 장소로 이동해 조금씩 방향을 바꿔 다시 배를 민다.

내가 중간 크기의 '드라이브함' 유니짱이 조금 작은 'X함' 브레이브 선생이 제일 큰 'CD함'을 각각 밀고 있다. 그리고 이 배, 합체한다고 한다. 합체!¹⁰ [10]

원래는 예전에 플라네튠 주에서 사용하던 군함이었지만 노령화로 은퇴한 뒤 수송선으로 개조해 사용한다고 한다.

---

10   세가에서 1988년에 출시한 16비트 메가드라이브와 그 주변기기인 슈퍼32X, 메가 CD, 셋을 합치면 일명 '메가 타워'

세 척 다 위로 연결해 도킹하면 거친 바다도 두렵지 않은 게임업계 최대급의 거대 선박이 되는 능력을 인정받아 이번 작전에 투입되었다고 한다.

합체전함(지금은 수송선이지만······)이라니 듣는 것만으로도 두근거리지만, 그 메커니즘은 나중에 내가 탄 뒤 자세히 듣기로 하자. 지금은 무사히 항구에 도착하는 게 최우선이다.

······그렇지만.

"무, 무거워! 무겁다고!"

"제, 제대로 움직이는 거 맞지?"

아무리 바다에 떠 있다곤 해도 한 척이 몇백 톤이나 되는 배다. 살짝 미는 것만으로도 힘들어서 제일 커다란 배를 가볍게 잡고 해안으로 미는 브레이브 선생을 바라보며 나와 유니짱은 온 힘을 쥐어짜 민다.

예정 시간을 조금 지나 브레이브 선생의 도움을 받아가며 어찌어찌 정해진 장소에 배를 옮기고 난 후에는 나도 유니짱도 축 늘어져 항구 한편에서 큰 대자로 누워 있었다.

"유니짱, 이건 좀······."

"예, 예상외였어. 체력을 남겨 둬야 하는데."

힘겹게 숨을 헐떡이는 나, 시야 저편에는 오오토리이 산이 보였다.

화구에서 희미하게 연기가 올라오고 있지만 지금은 여느 때와 다름없는 모습의 산에서 몇 시간만 지나면 새빨갛게 끓어오르는 용암이 흘러나온다니, 믿을 수 없다.

그런 생각을 하고 있을 때.

"……저기, 뭔가 흔들리는 것 같지 않아?"

땀에 젖은 은발을 이마에 얹고 있던 유니짱이 고개를 돌려 나를 바라본다.

"흔들린다니……. 그런 불길한 이야기……"

하지 말라고!

내 말을 덮어 버린 건 아래쪽에서 느껴지는 강렬한 흔들림이었다.

지, 진짜로 흔들리잖아! ……흔들리는 정도가 아니었다. 충격이 심해 누워 있던 몸이 한순간 붕 떠 엉덩방아를 찧을 정도다.

"설마!"

엉덩이에 느껴지는 아픔을 참아내고 나는 뒤를 돌아봤다.

나쁜 예상일수록 적중한다는 이야기가 그렇게 싫을 수가 없었다. 내가 본 것은 다시 새까만 연기를 뿜어내는 오오토리이 화산이다.

흔들림은 곧바로 멎었지만 지진보다도 나쁜…… 최악의 사태가 일어나는 걸 나는 느낄 수 있었다.

"……온다!"

나도 모르게 중얼거리는 소리에 맞춰 외륜산의 녹색 부분에서 새빨간 혀가 흘러나왔다. 그 혀는 한번 모습을 보이자

들어가기는커녕 점점 길어지며 뻗어 나온다.

밤새 화구에 쌓인 용암이 지금의 분화로 한계를 뛰어넘어 흘러넘친 순간이었다.

"배는? 섬사람들은?"

산꼭대기에 고정된 눈을 억지로 돌려 항구를 바라본다.

배는 커서 아까의 지진에도 멀쩡했던 것 같지만, 승선하려는 사람들의 줄은 아직 길다.

거기다가 이 분화, 나는 산에서 흐르기 시작하는 용암의 강과 비명을 지르며 그 자리에 못박혀 있는 사람들을 몇 번이고 교대로 바라봤다.

트릭씨는 산에서 항구까지 용암이 도착하는 데 몇 시간은 걸릴 거라고 예측했다. 그렇다면 모든 사람들이 승선할 때까지 용암이 여기에 오지는 않겠지. 않겠지만……. 하지만 이래서야…….

"나, 가 볼게."

유니짱이 일어선다. 그 눈에는 강한 결의가 담겨 있었다.

"응! 가자!"

유니짱 혼자만 가게 할 수 없어.

약속했으니까. 우리들은 공범이니까.

나도 일어선다.

둘이서 하늘을 날아간다. 가야 할 곳은 이미 정해져 있어. 전속력으로 그곳을 향해 날아간다.

힘을 모아, 한번에 최고속력을 낼 수 있게 우리들은 자세를 잡았다.

그러자,

"둘 다 기다려! 어디 가려는 거야?"

그런 우리들을 막으려는 듯, 브레이브 선생의 커다란 몸이 눈앞에 나타난다.

"브레이브 선생! 설명할 시간이 없어요! 비켜 주세요!"

유니짱이 소리지른다.

브레이브 선생은 움직이지 않는다.

"이제 됐어! 네프기어!"

조급해진 유니짱이 브레이브 선생을 피해 날아가려 한다.

"기다리라고 했잖아."

브레이브 선생의 커다란 손이 유니짱을 막는다.

"비켜 달라고 했잖아요! 시간이 없어요!"

"아니, 못 비켜. 나에게는 교사로서 너희들의 생명을 지킬 의무가 있다. ……적어도 내게 아무 말도 하지 않고 가져온 X.M.B.(엑스 멀티 블라스터)로 뭘 할 생각인지 말하지 않는 이상은 나는 한 발도 물러서지 않을 거야."

유니짱의 표정이 얼어붙었다.

"엑스 멀티 블라스터?"

어두운 체육관 속에서 롬짱과 람짱의 합창이 들여온다.

"그래, 줄여서 X.M.B."

유니짱이 고개를 끄덕이고는 전자 잠금 장치가 달린 상자를 툭 친다.

"크로스 미디어……. 가 아니라?"

"엑스 멀티 블라스터라니까! 뭐야 그 크로스 어쩌고는!"

"미, 미안해! 그냥 말해 본 것뿐이야. ……그런데 그 엑스 멀티 블라스터가 뭐야?"

나를 보는 차가운 눈을 지워버리려 유니짱의 얼굴 앞에서 손을 흔들며 물어봤다.

"네가 가진 M.P.B.L.처럼 근거리용, 원거리용으로 조작을 바꿀 수는 없지만, 대신 원거리에 특화돼 여러 가지 탄환이나 빔을 쏠 수 있는 무기야."

그, 그런 강력한 무기가 왜 학교 체육창고에 아무렇게나 놓여 있지? 혹시 브레이브 선생의 옵션 중 하나인가?

내가 다시 물어보니,

"아니야. 이건 나를 위한 무기…… 일 거야."

유니짱이 기세 좋게 부정했다. 하지만 마지막에 자신 없다는 듯이 이야기해 나는 고개를 갸웃거렸다.

"처음에 잠깐 변신했을 때 브레이브 선생이 너는 사격에 재능이 있다며 이걸 줘서 딱 한 번 쏴본 적이 있어."

"그래서?"

"제대로 다루지 못해서 벌러덩 넘어져 눈이 빙빙 돌고……

부끄럽지만 그걸로 끝. 제대로 다룰 수 있게 될 때까지 봉인해 두겠다며 가져가 버렸어."

이런 곳에 있는 이유와 '도둑'이라고 유니가 말한 이유는 알게 되었지만 아직 부족하다. 중요한 건 그 다음이다.

"유니짱은 X.M.B.로 뭘 할 생각이야?"

나는 단도직입적으로 물어봤다.

"욕조 마개를 빼 주려고."

유니짱이 그렇게 말했다.

그 알 수 없는 말에 나와 롬짱과 람짱이 서로를 마주보고 있자 답답하다는 듯 유니짱이 설명을 시작했다.

"이대로 오오토리이 산을 놔두면 남쪽에서 용암이 흘러서 마을을 삼켜버리겠지?"

"그렇…… 겠지."

"그러면 해결 방법은 간단하잖아. 넘치기 전에 산 북쪽으로 돌아가 큰 구멍을 파면 용암은 그쪽으로 흐를 거야. 그러면 마을에 피해가 가지 않겠지?"

아아, 욕조 마개를 뺀다는 게 그런 뜻이었구나. 과연.

……아니, 납득할 때가 아니잖아!

"유니짱 혼자서 그런 위험한 일을 하게 할 수 없어! 절대로 안 돼!"

"위험해도 할 수밖에 없어! 마을을……. 섬사람들의 생활을 지키기 위해서는!"

유니짱이 내 어깨를 붙잡고 말한다.

굉장한 힘이다. 손가락에 눌려 어깨가 아플 정도로.

"확실히 배로 사람들을 모아 섬을 탈출하면 아무도 죽지 않고 끝날 거야. 하지만 그것만으로는 안 돼! 그건 지키는 게 아니라는 걸 알게 됐어! 그러니까 나 혼자라도 할 거야!"

"······무슨 뜻이야?"

유니짱이 우리들에게 말한 것과 똑같이 브레이브 선생에게 설명하자 브레이브 선생은 신음 소리를 냈다.

"······으, 으음. 산 북쪽에 구멍을 뚫어 용암을 빼내겠다고?"

"맞아요! ······ 부탁이에요 브레이브 선생님. 우리들을 보내 주세요! 섬을 지키기 위해!"

"무슨 뜻이야?"

그리고 역시 브레이브 선생은 어제의 나와 같은 질문을 한다.

"확실히 배로 탈출하면 죽는 사람은 없어요. 하지만 저 알게 됐다고요. 미나 선생이 탈출 계획을 섬사람들에게 이야기할 때 알게 됐다고요! 무사히 도망친다고 해도 돌아갈 장소가 없다면 아무 의미도 없다는 걸!"

"돌아갈······ 장소?"

"모두 아무것도 몰라요······ 아니, 알고 있어도 입 밖으로 내지 못하는 것뿐이라고요. 앞으로 얼마나 오랜 시간 동안 낮선 땅에서 살아야 하는지, 섬에 돌아와도 이전의 생활로 돌아 갈 수 있을지 모두들 불안하지만 입 밖에 내지 못하는 것뿐이라고요!"

머리가 헝클어진 유니짱이 브레이브 선생의 손에 달라붙어 소리지른다.

겉모습 따위는 신경 쓰지 않고 필사적으로…… 필사적으로 호소한다.

"모두들 미나 선생의 말을 들으면서 마을도 항구도 사라져 버린다고, 마치 남의 일처럼 이야기했는걸요. 남의 일이었으면 하고 생각하니까, 현실로 받아들인다면 더 이상 견딜 수 없으니까!"

유니짱의 주먹이 브레이브 선생의 손을 쳤다.

"……그건 아니에요. 섬에서 도망치는 건 어쩔 수 없을지 몰라요. 그건 저도 알아요. 져도 상관없어요. 하지만 탈출 한 섬사람들이 다시 돌아와도 집도 항구도 그대로 남아 있으니까 괜찮다고…… 그렇게 말하고 싶단 말이에요! 그래서 저는……."

유니짱이 밤의 체육창고에서, 그리고 지금 브레이브 선생에게 호소하는 건 마음의 문제였다.

비록 일시적으로 섬을 떠나게 된다고 해도 유니, 나, 롬, 그리고 람의 활약으로 섬이 원래 모습 그대로 기다리고 있다면 그게 희망이 된다. 그걸로 지탱할 수 있다.

그런 유니짱의 호소에 마음이 움직여 우리들은 공범이 되기로 한 거였다.

"N기어를 사용해서 철야로 시뮬레이션해 봤어요! 이걸 봐주세요. 제 M.P.B.L.과 유니짱의 X.M.B.의 풀 파워 사격 타이밍을 잘 맞춰 같은 위치에서 쏜다면……."

나도 N기어의 시뮬레이터 화면을 불러 브레이브 선생에게 보여줬다.

작은 N기어의 화면을 보기 위해서인지, 브레이브 선생의 카메라 아이에서 몇 번인가 찰칵거리는 기계음이 들렸다.

"……이렇게 된다면 느와르와 어깨를 나란히 할 수 있겠는걸, 유니."

한참 동안 N기어를 보던 선생이 말했다. 인간이라면 흥 하며 코웃음치는 듯한 어투로.

그걸 들은 유니짱의 눈썹이 치켜 올라갔다.

"우습게 보지 말라고요!"

우리들을 막고 있는 브레이브 선생의 손을 치는 유니짱의 주먹에는 여느 때의 세 배 정도의 힘이 들어가 있었다. 아까보다도 무거운 소리가 여운을 남기며 울려 퍼진다.

"……글쎄다. 안 되는 건 안 되는 거야. 아이들만 이런 위험한 일을 시킬 수는 없으니까."

"브레이브 선생은 고집쟁이야!"

"고집쟁이라도 괜찮다. 쓸데없는 걸 생각하지 말고 빨리 배에

타. 나는 윙이 고장나서 너희들이 무모한 짓을 해 위험에 빠지기라도 하면 도와줄 수 없어. 이런 바쁜 때에 쓸데없는 일을 늘리지 말라고."

"선생!"

"알았어? 확실히 말했다. 무슨 일이 있어도 출항할 때까지 배에 없으면 혼날 줄 알아. 니시자와 선생에게 말해서 무거운 벌을 생각할 테니까. 그건 싫겠지? 얌전히 따라와."

이번에는 한숨 섞인 목소리로 브레이브 선생이 손을 뗀다.

"정말로 말괄량이 아가씨들이라니까…… 빨리 따라와."

라고 중얼거리며 팔짱을 끼고 우리들에게 등을 돌려 배를 향해 걸어간다.

어, 어라?

그렇다면 나와 유니짱이 선생을 무시하고 가버리면…….

"……아, 그렇지. 깜박했네. 산불은 무사히 진화한 것 같아. 롬과 람에게도 그 게임기로 빨리 돌아오라고 전해 줘."

브, 브레이브 선생, 정말로 가 버렸어…….

그런 거겠지, 여기까지 왔으면 누구라도 알겠지. 아니 모르는 편이 이상할 것 같다.

"……새침부끄?"

나는 가버린 브레이브 선생을 가리키며 유니짱에게 물었다.

"모, 모, 몰라! 뭐야 도대체! 지금 못 본 척 하겠다는 거야? 저, 절대로 고맙다고 하지 않을 거라고!"

아, 여기 한 명 더 있었지.

동생이 언니와 닮는 건 알겠지만 선생과도 닮는 걸까? 아니면 유니에게 전염된 걸까?

아무래도 상관없겠지. 무사히 난관을 돌파했으니.

어려운 단어를 써서 말하자면 울화라고 해야 하나? 아직도 머리에서 열기를 내뿜는 유니짱이,

"이렇게 된 거. 무슨 일이 있어도 저 열혈 바보 선생에게 본때를 보여 주자고!"

유니짱이 공중에서 손발을 퍼덕퍼덕 분노와 부끄러움의 더블 펀치로 끓어오른 열을 온몸으로 발산하며, 하지만 어딘가 후련한 표정을 지으며 소리 지른다.

"가자, 네프기어! 멍하니 있지 마!"

"아, 알았어!"

엄하게 물벼락을 맞게 된 나. 하지만 나 역시 어딘가 상쾌한 기분이다.

할 수 있어. 지금이라면 분명히 잘 될 거야. 그런 느낌이 들었다.

우리들이 하려고 하는 일을 브레이브 선생도 인정해 준 덕분에 유니짱만큼은 아니지만 어쩐지 희망이 보이는 것만 같았다.

유니짱의 뒤를 따라 맹렬한 속도로 산을 향해 날아가는 도중에 나는 N기어와 롬짱, 람짱의 게임기에서 공통으로 사용

하는 메시지 어플을 불러내 짧게 입력한다.

"작전 개시!"

맞다. 지금은 긴급 상황이라 봐줬으면 좋겠지만, 걷거나 날아다니는 도중에 스마트폰이나 게임기를 사용하면 위험하니까. 모두들 흉내 내면 안 돼!

II

이런 비유를 사용하면 어떨지 모르겠지만…… 하고 싶은 일을 계속 참고 있었다고 생각해 봐.

그리고 어느 순간, 하고 싶은 대로 마음껏 하라는 이야기를 들으면 그때까지 참고 있던 것까지 한번에 대폭발하겠지.

지금 오오토리이 산의 참상은 그런 느낌이었다.

첫 번째의 분화가 불완전 연소였기 때문에 힘을 모으고 모아서…… 아까 말했던 것처럼 한 번에 대폭발.

화산 분화가 원래 그런 거라고 한다면 할 말은 없지만, 내가 무슨 말을 하고 싶은 건지는 알겠지?

굉장한 기세로 피어오르는 연기와 용암의 박력은 산꼭대기를 내려다보는 위치에서 보니 더욱더 압도적이었다.

게다가 뜨거운 공기가 상승기류를 타고 소용돌이쳐 겨우 눈을 뜨는 게 고작일 정도로 강한 돌풍이 우리들에게 불어

온다.

이쪽에서는 전체를 파악할 수 없지만, 산 남쪽에서는 지금도 끈적끈적한 용암이 천천히 흘러내리고 있다.

하지만 아직 괜찮아. 잘 될 거야.

어째서 그런 걸 알고 있냐고 물어본다면 역시 화산에 대해 공부한 성과다.

처음에 흐르는 용암의 스피드는 굉장히 느리다. 바깥 공기에 닿아 차가워져서 고체로 돌아가려고 하니까.

하지만 방심은 금물이지. 문제는 한번 흘러내린 용암이 만드는 길이랄까, 그 바닥을 타고 새로운 용암이 흘러내릴 때다.

표면이 식어 굳었다고 해도 속에는 굉장한 열을 안고 있다. 새로운 용암은 말하자면 아래에서 히터로 데우면서 내려오는 것과 마찬가지라 굳어버리지 않고 한 번에 강처럼 흘러내린다.

그렇게 된다면 모든 게 끝, 마을도 항구도 모두……. 이 섬의 남쪽 절반은 흔적도 없이 불타거나 녹아버리겠지.

처음에 분출한 용암이 흐르고 난 뒤에 다음에 분화할 때까지, 그 사이가 우리들에게 주어진 처음이자 마지막 찬스다.

다시 말하면,

언제 할 건데?

지금이지![11]

---

11 2013년 일본 유행어 대상에 빛나는 문장. 학원 CF에서 강사가 학생에게 하는 대사다.

……미안해, 역시 이 유행어는 시기상 지금밖에 못 써먹을 것 같아서…….

그건 일단 넘어가고.

"유니짱, X.M.B.는?"

"회수했어!"

섬 북쪽은 산기슭의 들판이 그대로 바다로 이어지는 것 같은 지형으로 울퉁불퉁한 바위들이 펼쳐져 있다. 그 구석에 어젯밤 우리들이 하늘을 날아 운반해 둔 X.M.B.를 회수한 유니짱이 급상승해 내 옆에 선다.

"다음에는 무기를 전송하는 법을 익혀야겠네."

내가 말하자,

"그렇게 말하지 않아도 조금만 있으면 자유자재로 다루게 될 거야. ……그 이전에, 이번에 잘 되더라도 이번에는 훔칠 수 없는 장소에 숨겨 둘지도 모르겠지만."

회수한 X.M.B.의 상태를 확인하며 유니짱이 웃었다.

"그렇게 되면 같이 돌려달라고 부탁해 보자."

나는 가벼운 말투로 그렇게 대답하고 불러낸 M.P.B.L.을 원거리 모드로 세트.

"타이밍이 중요하다고. 구령, 잘 부탁해."

"알았어! ……M.P.B.L. 오버 드라이브! 리밋 해제!"

"X.M.B. 풀 파워! 모드 엠프리스!"

동시에 둘이 목표에 조준한다. 타이밍은 한 순간.

"목표를 센터에 놓고 슛…….

 목표를 센터에 놓고 슛……."[12]

불어오는 열풍 때문만은 아니다. 지금까지 본 적이 없는 진지한 눈에 구슬같이 땀을 흘리며 유니짱은 계속해서 중얼거린다.

어느새 나도 같이 중얼거리기 시작했다.

처음에는 단순히 따라 한 것뿐이었는데 그게 결과적으로는 잘 맞았다. 처음에는 조금씩 어긋나 있던 중얼거림이 점점 맞춰지더니……. 결국에는 한 목소리로.

구령은 필요 없었다. 우리들의 마음은 하나가 되어…….

"간다아아아!"

M.P.B.L.과 X.M.B., 두 개의 빔이 격류가 되어 뿜어 나온다.

희미한 자주색과 은백색, 두 개의 광선은 하나로 녹아 섞이면서 동시에 같은 장소를 향해 나아간다.

한 치의 어긋남도 없는 온 힘을 다한 일격이었다.

하지만 상대는 몇십만, 몇백만 년에 걸쳐 쌓여 온, 오오토리이 산이 자랑하는 '장갑'이다. 그야말로 엄청나게 견고하고 두터웠다.

---

12 신세기 에반게리온의 명대사 중 하나. 이 대사를 할 때는 퀭한 얼굴이어야 한다는 암묵적인
    합의가 있었던 듯하네요.

일 밀리초의 오차도 없이 동시에 발사한 빔의 공격을 받아도 표면을 몇 겹 깎아낸 정도라 관통은 어림도 없다.

"아직이야!"

"다시 한 번!"

우리들도 한두 방으로 끝날 거라고는 생각하지 않았다. 곧바로 두 번째 발사 태세로 들어간다.

그렇다고는 해도 온 힘을 다한 한 방이었기 때문에 에너지 충전과 냉각에는 시간이 걸린다.

충전이 끝날 때까지의 시간을 조마조마한 마음으로 기다리는 데에는 굉장한 인내력이 필요했다. 조바심내면 안 된다고 몇 번이고 마음속으로 다짐하던 그때였다.

땅속 깊숙한 곳에서 거대한 무언가가 꿈틀거리는 소리가 들리고 섬 전체가 떨려 온다.

화산성 지진이다. 그렇다는 건…… 이건!

"분화가 더 강력해졌어!"

내 눈앞에서 화구가 커다랗게 끓어오르며 몇 개인가의 불기둥이 하늘을 태워 버릴 기세로 솟아오른다.

산의 남쪽에서 욕조의 물이 흔들리는 것처럼 새빨간 용암이 흘러넘친다.

그 모습은 마치 산이 우리들의 분수를 모르는 저항에 화가 나 반격하는 것만 같았다.

안돼. 이대로 분화가 계속되면 점점 흘러넘치는 용암의

양이 늘어나고 속도도 빨라져서…… 항구에 있는 사람들이……. 배가 아직 출항하지 않았다고!

"지금은 쓸데없는 생각 하지 마! 다음!"

나는 불기둥 저편을 바라보고 있었다. 그런 내 마음을 읽기라도 한 듯, 유니짱이 소리를 질러 내 주의를 돌린다.

"이것도 시스템인지 '적'인지의 도발이라고 하면 싸워 주겠어! 이번에야말로 절대로 지지 않아!"

그렇게 말하는 유니짱의 눈은 진지하면서도 어딘지 모르게 생생하게 빛나고 있었다.

곤란한 상황에 처하자 원래부터 지기 싫어하는 성격이 고개를 들었는지도 모르겠다.

그런 유니에게 용기를 얻어 나는 다시 한 번 정신을 차린다.

다시 충전 완료! 두 발째, 간다!

세 발째도! 네 발째도! 쏘고 쏘고 또 쏜다!

조준이 빗나가지 않도록 몸에 힘을 넣으며 우리들은 계속해서 발사와 충전을 반복했다.

아무리 억누르려 해도 고개를 들고 나오는 조급함과 끊임없이 불어오는 열풍에 기력도 체력도 점점 떨어져 간다.

하지만…… 하지만……. 완고한 산의 '장갑'도 발사할 때마다 조금씩 깎여 나간다.

실제로는 20분이나 30분 정도 걸렸을까? 하지만 우리 둘에게는 영원처럼 느껴지는 시간이었다.

그걸 견뎌내며, 견뎌내며, 계속해서 발사한다.

그러자 산등성이에 사격으로 파인 작은 크레이터 바닥에 금이 가면서 희미하게, ……정말로 희미하게 그곳에서 연기가 한 줄기 올라오는 것을 나는 볼 수 있었다.

노력이 결실을 맺는 순간이었다.

"마지막 한 방이야! 이걸로 끝내자!"

피로가 쌓여 감각이 사라진 팔을 기력으로 들어 올리며 유니짱이 목소리를 쥐어짜듯 말한다. 변신할 수 있는 시간이 어쩌고 하던 때의 모습은 찾아볼 수 없다.

하지만 한계가 다가온 건 누가 봐도 알 수 있었다. 그건 나도 마찬가지다. 눈이 감겨 오고 온몸이 무겁다. 이대로라면 조준이 어긋나는 건 시간문제였다.

유니짱과 같은 마음으로 떨려 오는 총신을 어찌어찌 고정시킨다.

떨리는 손가락을 방아쇠에 대고 당긴다. 이걸로 끝!

…… 일 텐데.

"거짓말!? 발사가 안 되잖아!?"

믿을 수 없어 나는 소리 질렀다.

몇 번이고 방아쇠를 잡아당겨도 M.P.B.L.과 X.M.B.는 꿈쩍도 하지 않는다.

어째서? 에너지는 제대로 충전했는데!? 제정신을 잃고 패닉에 빠지려는 마음을 필사적으로 억누른다.

"어째서지?! 충전하면서 냉각도 했을 텐데!"

울부짖는 듯한 유니짱의 목소리에 나는 유니가 들고 있는 X.M.B.를 봤다.

총에서 뜨거운 여름날의 아스팔트에서 보이는 듯한 아지랑이가 피어오르고 있었다.

그리고 알게 되었다.

계속되는 연사에다 화산에서 나오는 열기로 주변은 이미 뜨거운 사우나 같은 온도로 변해 있었다.

변신한 우리들은 괜찮아도 기계에게 있어서 이런 고열은 엄청난 적. 냉각을 하고 싶어도 이래서야 어쩔 수 없다. 과열되는 것도 당연하다.

이 상황을 해결하기 위해서는, 일단 이곳을 벗어나 무기를 식힐 수밖에 없지만……

날뛰는 오오토리이 산은 우리를 가만 놔두지 않았다.

다시 산이 강하게 흔들리고, 화구가 용솟음치며 용암이 흘러내린다.

처음에 흐른 용암은 이미 산의 경사를 내려갔겠지. 물러나서 무기를 식힐 여유는 없다.

여기까지……. 여기까지 와서! 조금만 더 하면 되는데!

맥이 탁 풀려 버려 나도 유니짱도 팔에서 힘이 빠진다. 총신을 축 늘어뜨리고……

"……유니짱, 네프기어짱. 포기하면 안 돼!"

"그렇지! 이제 조금 남았잖아! 힘내!"

열기에 나른해진 나와 유니짱의 몸에 기분 좋은 냉기가 불어온다. 그야말로 일촉즉발, 아슬아슬한 타이밍이었다.

강렬한 회복 마법같은 바람을 타고 들려오는 목소리는

"용암은 중간에서 멈췄어. 전부 얼려 버렸으니까 이제 괜찮아!"

"……그러니까 둘 다 지면 안 돼!"

롬짱과 람짱의 목소리였다.

서로에게 기대듯이 손을 잡은 두 사람이 조금은 휘청거리며 커다란 산을 돌아 이쪽으로 다가오는 모습이 보였다.

둘 다 다른 쪽 손은 우리들을 향해 있다. 차가운 바람은 두 사람의 손에서 나오는 듯했다.

"섬사람들 모두 우리를 응원해 주고 있어! 힘내라, 힘내라라고! 히로인은 기대에 부응해야지!"

차가운 바람으로 나와 유니짱을 치유해 주며 날아온 람짱이 우리 뒤쪽으로 날아와 우리의 뜨거워진 목에 손을 갖다 댄다.

마법으로 차가워진 람의 손이 기분 좋아서 아까와는 다른 의미로 온몸에서 힘이 빠지고, 나도 모르게 이상한 소리를 낼 것만 같다.

람짱의 손이 나와 유니짱의 목을, 등을, 뺨을, 이마를 어루만진다. 후아앙~ 기, 기분 좋아…….

머리에서 열기가 빠져 나와 멍하니 있으려니 앞쪽으로 롬짱이 다가온다.

"……이거 봐."

언제나 소중하게 가지고 다니던 수첩처럼 접히는 휴대용 게임기를 열고 안을 보여 준다.

"……람짱 거는 저쪽에 놔뒀어. 서로 연결돼 있어."

롬짱의 말대로 화면 속에는…… 수많은 섬사람들이 비치고 있었다.

모두들 갑판에 서서 이쪽을 향해 손을 흔들며 소리를 지르고 있다. 그 뒤에서 흔들리는 건 어선이 항구에 돌아올 때 배에 거는 알록달록한 풍어기다.

힘내라.

지지 마.

믿고 있어.

아저씨도, 아줌마도, 오빠도, 언니도, 할아버지도, 할머니도, 남자아이도, 여자아이도, 아기도, 강아지도, 고양이도……. 모두들 우리들을 온 힘을 다해 응원해 주고 있다.

"……**네프기어, 유니. 제 목소리가 들리나요? 저와 섬사람들의 목소리가.**"

가까이에서 미나 선생의 목소리가 들린다.

람짱과 롬짱에게서 받은 게임기를 섬사람들에게 향한 사람은 미나 선생이겠지.

"브레이브 선생에게서 이야기는 들었어요. 미리 말해두지만 교사로서 저 정말 화났어요. 반성문으로는 넘어가지 않을 테니까 기억해 두라고요."

우리들에게 얼굴을 보이지 않고 담담한 어조로 그렇게 말했다.

감정이 격해지지 않도록 억누르고 있는 것 같았다.

"……하지만, 섬의 한 사람으로서 여러분들의 용기와 행동력에는 감사하고 있어요. 여기에 모인 사람들도 같은 마음일 거예요. 여러분들이 돌아올 때까지 저희들은 여기서 기다리고 있을 거예요."

미나 선생…….

람짱과 롬짱이 식혀 줬는데 이런 말을 들으면 가슴이 다시 뜨거워지잖아요.

코끝이 찡해지는 걸 참고

나는 유니짱을 봤다.

"……할 수 있지? 유니짱."

"누구한테 그런 말을 하는 거야. 여기서 근성을 보여 주지 않으면 언제 보여 주겠어!"

"지금이지?"

"……저기, 같은 패러디는 두 번 세 번 하는 게 아니야! 이번에야말로 마지막! 준비하자!"

완전히 회복한 유니짱이 허리에 걸친 X.M.B.를 들고 자세를 취한다. 나도 그 뒤를 따른다.

냉각은 어떻게 하지? ……괜찮아! 롬짱과 람짱이 있는걸!

두 사람이 온몸에서 뿜어내는 마법의 냉기는 지금은 더위를 식히는 정도를 넘어 살짝 추운 정도다.

게다가,

"……네프기어짱이랑 유니짱의 무기를 차갑게 하면 되는 거야? (우물쭈물)"

"그래서 곤란했던 거야? 역시 네프기어짱도 유니짱도 우리가 없으면 안 된다니까!"

유니짱에게 이야기를 들은 두 사람이 각각 내 M.P.B.L과 유니짱의 X.M.B.에 손을 대 냉기를 전해 준다.

우리들의 마음을 비웃는 듯이 피어오르던 아지랑이가 사라지는 걸 보고 나는 확신했다.

할 수 있어! 지금이라면 할 수 있다고! 유니짱!

"M.P.B.L. 재가동! 오버 드라이브!"

"X.M.B.풀 콘택트! 모드 엠프리스!"

"아, 둘 다 뭐야! 둘 다 폼 나는 기술이라니 비겁해! ……롬짱, 우리도 뭔가 하자!"

"……응? 응? ……으음. 슈퍼 얼음꽁꽁?"

"하나도 안 멋져!"

"꼬맹이들! 시끄러워! 거기서 좀 가만히 있으라고!"

"꼬맹이라고 하지 마! 도와주러 왔는데, 유니짱 바보!"

어, 라라라라라.

갑자기 긴장감이 사라진 것 같지만……. 뭐 상관없겠지.

이런 게 우리들다운 거니까.

"싸우지 말자. 마지막에는 모두가 힘내야지! 그렇지?"

심각한 장면에는 어울리지 않는 웃는 얼굴로 끼어들어 나는 롬짱의 손을 M.P.B.L.의 방아쇠로 가져간다.

"……정말이지. 너도 이쪽을 잡아. 하나 둘~하면 쏘는 거야."

유니짱도 람짱의 손을 X.M.B.의 방아쇠로 가져간다.

"합체 공격이야. 합체 공격. 너희들 이런 거 좋아하지?"

"어린애라고 바보 취급하지 마! ……뭐, 좋아하지만."

"롬짱은? 나랑 같이 합체 공격 할래?"

"……응. (생긋)"

좋았어. 준비는 다 됐어.

"하나, 둘!"

네 사람의 손이 방아쇠를 힘껏 당긴다.

모두의 마음을 담아 최후의 일격이 뿜어 나온다.

조준은 완벽해, 위력도 충분하고!

작렬하는 빔이 드디어 두꺼운 외륜산의 벽을 뚫고 오오토리이 산에 커다란 구멍을 뚫는다. 유니짱이 말했던 '욕조 마개가 빠지는' 순간이었다.

"해냈어!"

우리들 네 명은 원을 그리며 손을 잡고, 그 자리에서 춤이라도 출 기세로 즐거워했다.

그런 뒤에 폭포처럼 바다를 향해 흐르는 용암을 다시 바라본다.

이걸로 격렬한 분화가 일어나도 용암이 마을로 흘러갈 걱정은 없다.

그렇게 생각하자, 빨간색과 오렌지색이 섞인 용암이 한번에 밖으로 나오는 광경은 무섭다기보다는 신비하게 보인다.

"……목욕탕의 사자 모양 수도꼭지 같네."

그렇다고는 해도 계속 바라보고 있다가 휘말리면 큰일이라 우리들은 황급히 그 자리를 떠났다. 고도를 높여 안전한 장소까지 도망가니 롬이 슬쩍 말한다.

아, 호화로운 목욕탕의 벽에 붙어 있는 그런 거 이야기구나. 사자 입에서 물이 쏴아아. 확실히 그렇게 보이기도 한다.

"이거, 멀리 떨어진 곳에서 보니 예쁘네. 앞으로는 분화할 때마다 이 광경을 볼 수 있으니까…… 잘하면 새로운 관광명소가 될 수도 있겠는데? 유람선으로 멀리서 보면 재미있지 않을까?"

해냈다는 표정으로 유니짱이 그렇게 말한다.

"응……. 손님들도 많이 오겠네. 게임업계 자연유산에 오를지도."

어째서 섬의 경제적 발전에 눈떴는지는 넘어가고, 나는 그렇게 말했다.

"자연유산도 좋지만, 먼저 돌아가서 목욕부터 하자. 땀을 너무 많이 흘려서 상쾌해지고 싶어."

EPILOGUE

삐~리리리~

둥둥두둥~

아름다운 달밤에 피리와 큰북이 울린다.

축제다, 축제. 영차영차!

……이렇게 해서 오늘 섬은 예전보다도 일정이 앞당겨진 축제를 만끽 중이다.

그 후로 이틀이 지났다.

섬은 여기에 사람이 살게 된 이후로 최대의 위기를 헤쳐 나간 덕분에 지금 문자 그대로 축제 분위기다.

오오토리이 산은 우리들이 용암을 바다로 내보낸 것과 동시에 우리에게는 흥미가 없다는 듯이 활동을 정지해 이틀이 지난 지금은 평소 모습으로 돌아와 있었다.

한편 만일의 사태에 대비해 배는 아직 항구에 정박해 있지만, 이대로 아무 일도 없으면 사흘 후 우리들을 태우고 본토에 돌아가기로 돼 있다.

그걸 알게 된 섬사람들이 우리들이 본토에 가기 전에 축제를 보여주자고 서둘러 준비해 오늘부터 축제가 열리게 되었다.

그렇다곤 해도, 고향을 잃어버릴지도 모른다는 불안감에서 해방된 사람들은 모두들 들떠 있다.

어른들은 아침부터 취해서 우리들을 보면,

"너희들은 섬의 영웅이야!"

"도민 영예상이다!"

"섬에 기념 동상을 세워야지!"

라고들 굉장한 기세로 이야기한다.

처음에는 금붕어잡기도 요요잡기도 공짜, 솜사탕도 사격도 공짜. 공짜, 공짜, 전~부 공짜라는 특별 대우에 들떠 있던 우리들도 나중에는 어디에 가도 과격할 정도의 대환영에 조금은 피곤해져서,

"……이래서야 몸이 남아나지 않겠네. 도망가자."

라는 유니짱의 제안에 따라 조금 쉬고 온다고 말하고 도망가 버렸다.

그래서 지금은 축제의 주 무대가 된 항구와 항구에서 이어지는 상점가에서 떨어진 분교 운동장에서 조용히 축제를 바라보고 있다.

"하아, 피곤하다. 아무리 그래도 동상은 좀 그렇네. ……부끄럽고."

축제니까, 라며 미나 선생이 입혀준 유카타 모습으로 손을 파닥파닥 부치면서 내가 말하자

"섬의 높으신 분들은 대부분 할아버지라 동상이나 기념비를 좋아할 거야. 뭐, 너그럽게 봐 주자고."

사격에서 뽑은 인형을 가지고 놀면서 유니짱이 어깨를 움츠린다.

"아아~ 이제 싫어어~ 빙수 먹고 싶어."

"……오징어 구이도. (훌쩍)"

롬짱과 람짱은 예상 외의 전개로 축제장을 빠져 나온 게 불만인 모양이다.

"……네프기어짱도 오징어 구이 먹고 싶지 않아?"

"으음……. 글쎄……."

나 오징어에는 조금 트라우마랄까, 요즘 들어 조금은 싫어진 것 같은데……. 로, 롬짱은 멀쩡한가 봐.

"생각해 보면 우리들, 축제로 들떠 있을 때가 아니라고. 그렇게 힘들었으니 잊어버릴 만도 하지만, 이건 전체 흐름에서 보면 보너스 스테이지랄까……."

한숨 돌려 진정이 된 듯, 유니짱이 말했다.

확실히 유니짱이 말한 대로다.

"……본편은 지금부터 시작이라고. 지금쯤 언니 일행도 자신들의 데이터를 전부 모아서 학원으로 돌아갔을 거야."

고개를 끄덕이며 내가 그렇게 말하자 '언니'라는 말에 반응한 듯 유니짱이 들뜬 목소리로 말한다.

"맞아. 정말로 이러고 있을 때가 아니야. 우리들이 먼저 데이터를 모았는지 확인해야지."

"이건 경쟁이 아니야……. 그리고 이젠 언니가 어찌됐건 신경 쓰지 않기로 하지 않았어?"

"스, 승부에 집착하는 게 아니라 우리들도 하면 된다는 걸 보여준다고나 할까······. 네프기어도 인정받고 싶지 않아? 그렇지?"

"으음. 그거야 뭐······. 그런가······."

"똑 부러지질 않는다니까. ······롬이랑 람은 어때? 이번에 우리들 꽤 노력했지? 블랑씨에게 칭찬받고 싶지 않아?"

"응, 칭찬받고 싶어!"

"······언니가 착한 아이라고 말해 준다면······. 기뻐. (부끄)"

최근에는 볼 기회가 적었던 뻐기는 얼굴로 유니짱이 말한다.

음, 지금 건 조금 비겁하지 않아? 유도 질문은.

유니짱의 '인정받고 싶어'라는 마음과 롬짱, 람짱의 '칭찬받고 싶어'라는 마음은 조금 느낌이 다른 것 같은데.

빠~안히.

말로는 할 수 없지만 그런 마음을 담아 내가 유니짱을 보고 있으려니,

"뭐, 뭐야 그 눈은! 내가 제대로 변신할 수 있게 된 걸 언니에게 자랑하고 싶은 것뿐이라고 생각했지? 아니야! 나는 섬사람들의 웃는 얼굴을 보고, 여신의 일이 어떤 건지 배운 것뿐이니까!"

정색을 하고 말한다.

"정말이려나."

그 모습이 어떤지 귀여워서, 나도 모르게 조금 장난을 쳐

본다.

"거짓말 하는 게 아니야! 여신의 일은 누구에게 이기거나 무언가를 해치우거나 하는 게 아니라고! 곤란해 하는 사람을 위해 힘을 다하는 게……."

"……다하는 게?"

"어, 어찌됐건 이렇게 느긋하게 축제 분위기에 싸여 놓고 있을 때가 아니라고! 섬을 위기에서 구했지만, 이걸로 끝난 게 아니니까. ……좋았어. 나도 갈 거야."

"어, 어디로?"

"항구야, 항구. 당연하잖아. 브레이브 선생이랑 트릭과 담판을 지어서 내일이라도…… 아니, 지금! 지금부터 본토로 떠나는 배에 탈 거야!"

"지금이라니, 진심이야?"

"나는 언제나 진심이라고. 너희들도 따라 와. 멍하니 있으면 놔두고 간다!"

응? 응? 으으응?

아아~ 가 버렸다. 유니짱, 진짜로 가 버렸네.

힘차게 달려 나가는 뒷모습이 점점 작아지는 걸 나는 멍하니 보고 있었다.

"어라? 지금 가는 건 싫어! 나 아직 빙수 못 먹었다고 말했잖아!"

"……오징어 구이도."

그, 그렇지.

나도 아직은 축제 분위기에 미련이 남았다고나 할까. 사실은 그 전에 상점가에서 초롱을 봤을 때부터 계속 기대해 왔다고나 할까.

지금은 잠깐 쉬고 있는 거고, 앞으로 계속 축제를 즐길 셈이었는데!

……붙잡아야겠다.

"가자. 롬짱, 람짱! 셋이서 유니짱을 붙잡아서 우리들의 축제를 되찾자!"

내가 주먹을 쥐고 뜨겁게 외치자, 롬짱과 람짱이 고개를 끄덕인다.

응, 우리들의 마음은 하나!

"기다려 유니짱! 기다리라고!"

"빙수 먹어야 된단 말야!"

"……오징어 구이, 마요네즈를 뿌려서. (번뜩)"

나막신 소리가 덜그럭덜그럭 울려 퍼지고 높이 뜬 달이 조용히 우리들을 비추고 있다.

앞서 가는 유니짱의 그림자가 달빛에 비쳐 긴 그림자를 드리우는 것을 이정표로 삼아 우리들은 유니짱을 쫓아간다.

지금은, 지금 이 순간만은 세계의 평화보다도 하룻밤의 축제를 지키기 위해.

EXTRA STAGE

"체엣, 재미없어. 좀 더 놀 수 있을 거라고 생각했는데."

그것이 말했다.

"간만에 재미있었는데. 오징어도 화산도 도움이 안 되네."

장난을 즐기는 어린아이 같은 목소리로.

"뭐, 괜찮아. 장난감은 아직 많으니까. 다음에는 이스투아르에게 들키지 않도록……. 하하, 그건 어려울까?"

그것이 웃었다.

"하지만, 조금 신중하게 해야겠어. 겨우 자유의 몸이 됐으니 가능한 한 오래 놀지 않으면 손해잖아?"

그런가 했더니, 혼자서 뭔가 납득한 듯 얌전한 목소리를 낸다.

"그럼, 다음에는 어디에 장난을 쳐 볼까……."

그것이 손을 뻗었다.

그 앞에 있는 건 한 권의 책. 가죽으로 장정한 듯한 두껍고 검은 표지와 그 표지 사이에 끼워진 어둡게 빛나는 종이.

그 페이지를 한 장 넘기고는,

"좋았어. 여기로 정했다!"

그것이 다시 웃는다.
장난을 즐기는 아이와 같은 목소리로 웃었다.

계속!

후기

아, 이번에는 '편집장과 나'는 없습니다.

왜냐하면 회의는 전부 메일이랑 전화로 했거든요!

이렇게 노골적인 오프닝이 됐지만, 안녕하세요 여러분들. 오랜만에 만나는 오카즈입니다.

과거에 썼던 세 권을 돌아보면 머리가 나쁜 듯한 후기만 써서 슬퍼지네요. 이번에는 번외편이라 조금은 진지한 이야기를 쓰려고 합니다. ……어려울 것 같지만요.

이번 이야기는 번외편이랄까, 일종의 외전이라고 하면 되겠네요.

호평이었던 1권 발매 후에 4권에서 일단락을 맺으려고 했던 이 '하이스쿨' 시리즈였는데요. 아무래도 진행하는 중에 해소해 둬야 할 것들, 정해 둬야 할 것들이 나와 버렸습니다.

그래서 또 한 권, 말하자면 클라이막스로 가는 도움닫기로 만든 책이 이번 권입니다.

이번에 그리고 싶었던 내용은 우선 동생들의 성장입니다.

네푸네푸를 필두로 '언니들'은 어느 의미로는 등장한 시점에서 정체성이 완벽하게 확립돼 있지만, 동생들은 그렇지 않거든요.

　원작 게임에서 처음 등장한 MK2에서도 잡힌 언니를 구하기 위해 고군분투하며 조금씩 성장해 가는 매력을 가진 캐릭터였습니다.

　소설판에서도 마지막에는 언니와 어깨를 나란히 해도 괜찮을 정도로, 말하자면 '강인함'을 가졌으면 좋겠다. ……그걸 위해서도 다시 한 번 동생들이 무언가를 달성하게 하고 싶다. 그렇게 생각했습니다.

　또 하나는, 3권까지는 적으로서 네푸네푸와 대립했던 매직 컴퍼니 사람들(마제콘느 사천왕)과의 화해입니다.

　마제콘느 사천왕은 원작 게임에서는 악역답게 때로는 비참하게, 때로는 비장한 최후를 맞이합니다.

　하지만 게임과는 다른 세계, 다른 스토리의 소설화였으면 한다는 처음의 타진을 고려해 모두의 힘으로 시리즈화로 나가자는 이야기가 나왔을 때, 프로듀서인 미즈노씨가 잡담을 하다가

　"가능하면 적도 적으로 끝나는 게 아니라, 소설이니만큼 동료로 나오면 재미있겠네요."

　라고 말해 줬던 게 계~속 신경이 쓰였습니다. 아아, 미즈노씨에게는 네푸네푸도 사천왕도 모두 애정을 쏟은 '내 아이'들이구나 라고.

　그래서 이번에는 그 요망을 받아들일 좋은 기회라고 생각

해 제대로 화해를 하게 했습니다. (졸개와 와레츄는 어떻게 됐냐고요? ······후후, 어떻게 됐을까요?)

이런 시도도 본인은 꽤나 보람이 있다고 생각하고 있는데요. 독자들은 어떻게 느끼고 있으려나요.

감상을 꼭 이야기해 주시면 고맙겠습니다.

그럼, 이번에도 감수해 주신 아이디어팩토리 주식회사의 모두를 비롯해, 많은 분들에게 신세를 졌습니다.

표지를 그려주신 츠나코 선생, 본문의 일러스트를 그려준 우리모 선생, 매번 감사드립니다.

편집장을 비롯해 벚꽃숲문고 편집부의 모두들, 이번에도 스케줄 문제로 이것저것 폐를 끼쳐 드려 죄송합니다.

그 외에도 이 책의 발행에 도움을 주신 모든 분들, 독자 분들에게도 마음으로부터 감사드립니다.

······.

정말로 다음 권이 마지막······ 이려나요.

이번에는 진지한 네프기어짱이 주인공이라 그런지 조금은 심각한 전개였지만, 다음에는 다시 부동의 주인공 넵튠이 돌아옵니다.

개그 요소와 떠들썩한 분위기를 기대하고 있는 모두를 위해 한 권 분량을 충전한 뒤 다시 제멋대로 이야기를 휘저을 거라고 생각하니까 조금만 더 기다려 주세요.

　제대로 '하이스쿨'로서 착지할 수 있을지 어떨지를 포함해 따뜻하게 지켜봐 주세요.

　그럼 다음 권에서 뵙겠습니다.

　우와, 정말 진지하게 썼네요. 풋 푸푸~푸우~ (망쳐 버렸네)

　2013년 7월 초　오카즈

초차원게임 넵튠 하이스쿨 ❹

초판 2쇄 발행 2014년 11월 10일

저자 오카즈

발행인 원종우
발행처 (주)이미지프레임

주소 (427-060) 경기도 과천시 용마2로 3, 1층
영업부 02-3667-2653 **편집부** 02-3667-2654 **팩스** 02-3667-2655
메일 admin@vnovel.kr **웹** vnovel.kr

ISBN 978-89-6052-398-2 02830 **(세트)** 978-89-6052-267-1